NUNCA JAMAIS

parte dois

Obras da autora publicadas pela Editora Record:

Série Slammed
Métrica
Pausa
Essa garota

Série Hopeless
Um caso perdido
Sem esperança
Em busca de Cinderela

Série Nunca, jamais
Nunca, jamais
Nunca, jamais: parte 2
Nunca, jamais: parte 3

Série Talvez
Talvez um dia
Talvez agora

Série É Assim que Acaba
É assim que acaba
É assim que começa

O lado feio do amor
Novembro, 9
Confesse
Tarde demais
As mil partes do meu coração
Todas as suas (im)perfeições
Verity
Se não fosse você
Layla
Até o verão terminar
Uma segunda chance

Colleen Hoover
Tarryn Fisher

NUNCA JAMAIS

parte dois

Tradução de
PRISCILA CATÃO

14ª edição

— **Galera** —

RIO DE JANEIRO
2025

CIP-BRASIL. CATALOGAÇÃO NA PUBLICAÇÃO
SINDICATO NACIONAL DOS EDITORES DE LIVROS, RJ

H752n   Hoover, Colleen
    Nunca jamais: parte dois / Colleen Hoover, Tarryn Fisher;
14ª ed. tradução Priscila Catão. – 14ª ed. – Rio de Janeiro:
Galera Record, 2025.
    (Nunca jamais; 2)

    Tradução de: Never never: part two
    ISBN 978-85-01-10806-7

    1. Ficção juvenil americana. I. Fisher, Tarryn. II. Catão, Priscila.
III. Título. IV. Série.

16-38021

CDD: 028.5
CDU: 087.5

Título original:
Never never: part two

Copyright © 2015 by Colleen Hoover and Tarryn Fisher

Todos os direitos reservados.
Proibida a reprodução, no todo ou em parte, através de quaisquer meios.
Os direitos morais do autor foram assegurados.

Texto revisado segundo o novo Acordo Ortográfico da Língua Portuguesa.

Direitos exclusivos de publicação em língua portuguesa somente para o
Brasil adquiridos pela
EDITORA RECORD LTDA.
Rua Argentina, 171 – Rio de Janeiro, RJ – 20921-380 – Tel.: (21) 2585-2000,
que se reserva a propriedade literária desta tradução.

Impresso no Brasil

ISBN 978-85-01-10806-7

Seja um leitor preferencial Record.
Cadastre-se em www.record.com.br e receba informações
sobre nossos lançamentos e nossas promoções.

Atendimento e venda direta ao leitor:
sac@record.com.br

Este livro é para todos vocês que amam finais felizes e que me perdoaram pelo fim da parte um. Foi culpa da Tarryn.

— Colleen Hoover

Este livro é para todos que acham que finais felizes e Pepsi Diet são coisas ridículas.

— Tarryn Fisher

1
Silas

Começa lentamente.

A chuva.

Um respingo aqui, um borrifo ali. Primeiro no para-brisa na minha frente e depois nas janelas ao meu redor. As gotas começam a fazer o barulho de milhares de dedos tamborilando no teto do meu carro, mas não em uníssono. *Tap-tá-tap-tap--tá-tá-tap-tap-tap*. O barulho passa a me cercar completamente. Parece vir de dentro de mim, tentando sair. A chuva começa a escorrer pelo vidro, grossa o bastante para formar rastros compridos parecidos com lágrimas. Elas deslizam até a base e desaparecem em algum local além do que vejo. Tento acionar os limpadores, mas meu carro está desligado.

Por que meu carro não está ligado?

Limpo o vidro embaçado com a palma da mão para poder enxergar o lado de fora, mas a chuva está tão forte que não consigo ver nada.

Onde estou?

Eu me viro e olho para o banco de trás, mas não tem ninguém ali. Não tem nada ali. Depois me volto para a frente.

Pense, pense, pense.

Para onde eu estava indo? Devo ter cochilado.

Não sei onde eu estou.

Não sei onde "eu" estou.

Eu... eu... eu...

Quem sou eu?

Parece tão natural ter pensamentos com a palavra *eu*. Mas todos os meus pensamentos são ocos e leves, porque a palavra "eu" não está associada a ninguém. A nenhum nome, a nenhum rosto. Eu sou... *nada*.

O zumbido de um motor chama minha atenção enquanto um carro desacelera perto do meu na rua. A água respinga no para-brisa quando o veículo passa. Observo os faróis traseiros enquanto o carro continua diminuindo a velocidade e, por fim, para na frente do meu.

Luzes de marcha a ré.

Meu coração acelera e vai parar na boca, nas pontas dos meus dedos, nas têmporas. As luzes em cima do carro são acesas. *Vermelho, azul, vermelho, azul.* Vejo alguém sair do veículo. Tudo o que consigo distinguir é a silhueta da pessoa que começa a se aproximar do meu carro. Enquanto ela segue até a porta do carona, mal mexo o pescoço e mantenho o olhar fixo no dela, que vem se aproximando da janela.

Uma batida.

Toc, toc, toc.

Aperto o botão para baixar as janelas... *Como é que eu sabia fazer isso?* Abro a janela.

Um policial.

Socorro, quero dizer.

Esqueci para onde eu estava indo, quero dizer.

— Silas?

Sua voz me assusta. É alta. Grita a palavra *Silas* para tentar competir com o barulho da chuva.

O que isso significa? *Silas*. Talvez ele seja francês. Talvez eu esteja na França e Silas seja um cumprimento. Talvez eu devesse responder *Silas* também.

O homem pigarreia e diz:

— Seu carro quebrou?

Ele não é francês.

Olho para o painel de controle. Forço meus lábios a se separarem para que formem alguma palavra. Em vez disso, arquejo. Eu não tinha percebido que estava prendendo a respiração. Quando solto o ar dos pulmões, sai um som entrecortado... constrangedor. Olho para o policial parado do lado de fora da janela.

— Não — respondo.

Minha voz me assusta. Não a reconheço.

O policial se inclina e aponta para o meu colo.

— O que é isso aí? — pergunta ele. — Direções para algum lugar? Está perdido?

Olho para a pilha de papéis nada familiar em meu colo. Empurro-a para o banco do carona, querendo tirá-la de cima de mim, e balanço a cabeça mais uma vez.

— Eu, hum, estava apenas...

Minhas palavras são interrompidas por um toque. Um toque alto, vindo de dentro do carro. Sigo o barulho, remexendo os papéis no banco até encontrar um celular embaixo. Confiro o identificador de chamadas. *Janette*.

Não conheço nenhuma Janette.

— Precisa sair do acostamento, rapaz — diz o policial, se afastando. Aperto um botão na lateral do celular para colocá-lo no silencioso. — Siga seu caminho e volte para o colégio. Hoje à noite tem um jogo e tanto.

Jogo e tanto. Colégio.

Por que nada disso me parece familiar?

Assinto.

— A chuva deve diminuir logo, logo — acrescenta ele. Depois dá um tapa no teto do meu carro, como se estivesse me dispensando. Balanço a cabeça mais uma vez e aperto o botão que controla as janelas. — Peça para seu pai guardar um lugar para mim esta noite.

Concordo com a cabeça de novo. *Meu pai.*

O policial fica me encarando por mais alguns segundos, com um olhar de curiosidade. Finalmente, balança a cabeça e começa a voltar para a viatura.

Olho para o meu telefone. Quando estou prestes a apertar um botão, o aparelho começa a tocar de novo.

Janette.

Quem quer que seja Janette, ela está louca para que alguém atenda este celular. Deslizo o dedo pela tela e a levo ao ouvido.

— Alô?

— Encontrou ela? — Não reconheço a voz no telefone. Aguardo alguns segundos antes de responder, na esperança de me lembrar de algo. — Silas? Alô?

Ela acabou de dizer a mesma palavra que o policial. *Silas.* Mas ela falou como se fosse um nome.

Meu nome?

— O quê? — digo ao telefone, me sentindo confuso com relação a tudo.

— Encontrou ela? — Sua voz está em pânico. *Encontrei ela?* E quem é que eu deveria estar procurando? Eu me viro e confiro novamente o banco de trás, apesar de saber que não tem ninguém no carro comigo. Eu me volto para a frente, sem saber como responder à pergunta que ela acabou de me fazer.

— Se a encontrei? — pergunto, repetindo a questão. — Eu... *você* a encontrou?

Janette resmunga.

— Por que eu estaria ligando pra você se tivesse a encontrado?

Afasto o celular do ouvido e olho para o aparelho. Estou tão confuso... Coloco-o de volta na orelha.

— Não — digo. — Não a encontrei.

Talvez essa garota seja minha irmã mais nova. Ela parece jovem. Mais do que eu. Será que ela perdeu a cachorrinha e eu saí por aí à procura do animal? Talvez meu carro tenha deslizado por causa da chuva e acabei batendo a cabeça.

— Silas, ela não é de fazer isso — diz Janette. — Teria me dito se não fosse voltar pra casa ou se não fosse para o colégio hoje.

OK, pelo jeito não estamos falando de nenhuma cachorrinha. E o fato de que tenho certeza absoluta de que estamos falando de uma pessoa que aparentemente está desaparecida me deixa muito inquieto, pois neste momento nem sei direito quem sou. Preciso desligar antes que diga algo errado. Algo que me incrimine.

— Janette, preciso desligar. Vou continuar procurando.

Encerro a ligação e largo o celular no banco ao lado. Os papéis que estavam em meu colo chamam minha atenção. Estendo o braço para pegá-los. As páginas estão grampeadas, então começo pela primeira. É uma carta, endereçada a mim e a algum outro cara chamado Charlie.

Charlie e Silas,

Se não sabem por que estao lendo isso, é porque se esqueceram de tudo.

Hein? A primeira frase não é o que eu estava esperando ler. Na verdade, não sei o que eu estava esperando.

Não reconhecem ninguém, nem mesmo vocês próprios. Por favor, não entrem em pânico e leiam a carta toda.

É um pouco tarde para a parte do *não entrem em pânico*.

Não temos certeza do que aconteceu, mas estamos com medo de que aconteça de novo se não escrevermos. Pelo menos com tudo escrito e deixado em mais de um lugar, estaremos mais preparados se acontecer de novo.

Nas páginas seguintes, vocês vão encontrar todas as informações que temos. Talvez ajude de alguma maneira.

— *Charlie e Silas*

Não viro a página imediatamente. Largo as folhas no colo e levo as mãos ao rosto. Esfrego-as para cima e para baixo repetidamente. Dou uma espiada no retrovisor e desvio o olhar imediatamente quando não reconheço os olhos que me encaram de volta.

Isso não pode estar acontecendo.

Fecho os olhos com força e levo os dedos até a ponte do nariz. Fico esperando eu mesmo acordar. Isso é um sonho e preciso acordar.

Um carro passa, e mais água respinga em meu para-brisa. Fico observando-a escorrer e desaparecer embaixo do capô.

Não posso estar sonhando. Tudo está nítido demais, detalhado demais para ser um sonho. Sonhos são borrados e não fluem de um momento para outro como tudo o que está acontecendo.

Pego as páginas de novo, e cada frase se torna mais difícil de ler do que a anterior. Minhas mãos ficam cada vez mais trêmulas. Minha mente está um turbilhão enquanto examino a folha seguinte. Descubro que me chamo mesmo Silas e que Charlie, na verdade, é o nome de uma garota. Será que ela é que está desaparecida? Continuo lendo, apesar de não conseguir deixar a incredulidade de lado e aceitar as palavras à minha frente. E não sei por que não me permito acreditar nelas, pois tudo que estou lendo certamente coincide com o fato de eu não me lembrar de nada daquilo. É que abandonar a incredulidade seria o mesmo que admitir que isto é possível. Que, de acordo com o que estou lendo, acabei de perder a memória pela quarta vez.

Minha respiração está quase tão irregular quanto a chuva que cai no teto do meu carro. Levo a mão esquerda até a nuca e a aperto enquanto leio o último parágrafo, que, aparentemente, escrevi dez minutos atrás.

> *Charlie entrou num táxi na Bourbon Street ontem à noite e ninguém a viu desde então. Ela não sabe sobre esta carta. Encontre-a. A primeira coisa que você precisa fazer é encontrá-la. Por favor.*

As últimas palavras da carta estão rabiscadas, quase ilegíveis, como se meu tempo estivesse acabando enquanto as escrevia. Deixo a carta no banco, pensando em tudo que acabei de descobrir. A informação faz minha mente disparar com mais rapidez do que meu coração. Sinto um ataque de pânico se aproximando, ou talvez um ataque de nervos. Agarro o volante, me forço a inspirar e expirar pelo nariz. Não faço ideia de como sei que isso acalma. A princípio, não parece funcionar, mas fico parado assim por vários minutos, pensando em tudo que acabei de descobrir. *Bourbon Street, Charlie, meu irmão, a menina camarão, a leitura de tarô, as tatuagens, meu amor por fotografia.* Por que nada disso me parece familiar? Só pode ser uma brincadeira. Essas informações devem ser sobre outra pessoa. Não posso ser Silas. Se eu fosse, *sentiria* que sou ele. Não teria a sensação de estar completamente separado da pessoa que supostamente sou.

Pego o celular de novo e abro o aplicativo da câmera. Eu me inclino para a frente e estendo o braço para trás, puxando a camisa por cima da cabeça. Seguro o celular por trás e tiro uma foto das minhas costas, depois coloco a camisa no lugar e confiro o telefone.

Pérolas.

Há um colar de pérolas tatuado nas minhas costas, assim como dizia na carta.

— Merda — sussurro, encarando a foto.

Meu estômago. Acho que vou...

Abro a porta do carro bem na hora. O que quer que eu tenha comido no café da manhã vai parar no chão, perto dos meus pés. Minhas roupas estão ficando encharcadas enquanto continuo ali, esperando vomitar mais uma vez. Quando acho que o pior já passou, volto para dentro do carro.

Olho para o relógio, que indica que são 11:11.

Ainda não sei no que acreditar, porém, quanto mais o tempo passa, sem que eu me lembre de nada, mais começo a considerar que talvez eu realmente tenha apenas pouco mais de quarenta e sete horas antes que essa situação se repita.

Estendo o braço por cima do banco do carona e abro o porta-luvas. Não sei o que estou procurando, mas ficar parado aqui sem fazer nada parece perda de tempo. Tiro o que tem ali dentro, deixando de lado os documentos do veículo e do seguro. Encontro um envelope com nossos nomes escritos. *Uma cópia de tudo que acabei de ler.* Continuo folheando os papéis até uma folha dobrada bem no fundo do porta-luvas chamar minha atenção. Tem o meu nome escrito. Abro e a primeira coisa que leio é a assinatura embaixo. É uma carta de Charlie. Volto para o topo da página e começo a ler.

Querido Silas,

Esta não é uma carta de amor, tá? Por mais que você tente se convencer disso, não é verdade. Porque não sou esse tipo de garota. Odeio essas garotas, sempre tão melosas e nojentas. Eca.

Enfim, esta é uma carta de não amor. Por exemplo, não amo a maneira em que você trouxe suco de laranja e remédio pra mim na semana passada, quando eu estava doente. E que cartão era aquele, hein? Você me ama e espera que eu melhore logo? Aff.

E definitivamente não amo o fato de que você finge que sabe dançar, sendo que na verdade você fica parecendo um robô com defeito. Não é bonitinho e de jeito nenhum me faz rir.

Ah, e quando você me beija e se afasta para me dizer que sou linda? Não gosto mesmo disso. Por que você não pode ser como os outros caras, que ignoram as namoradas? É muito injusto eu ter que lidar com isso.

E, por falar em como faz tudo errado, lembra quando machuquei as costas durante o treino para líder de torcida? E você faltou a festa de David para passar pomada nas minhas costas e assistiu a Uma Linda Mulher *comigo? Foi um sinal evidente de como você pode ser carente e egoísta. Como se atreve a fazer isso, Silas?!*

Também não vou mais tolerar as coisas que você diz sobre mim quando estamos com nossos amigos. No dia em que Abby zombou da minha roupa, e você disse a ela que até um saco de lixo fica parecendo alta-costura em mim, não teve cabimento. E foi pior ainda quando você levou Janette ao oftalmologista porque ela estava sempre com dor de cabeça. Você precisa se dar conta de que toda essa atenção e consideração não é nada atraente.

Então estou aqui para dizer que certamente não amo você mais do que qualquer outro ser humano neste planeta. E que não sinto nenhum frio na barriga toda vez que você chega, e sim um calor infernal. Sendo que você é muito, muito feio. Estremeço toda vez que vejo sua pele perfeita e penso: meu Deus, este garoto seria tão mais bonito se tivesse algumas espinhas e dentes tortos. Pois é, você é um nojo, Silas.

Não estou apaixonada.

Não mesmo.

Nunca, jamais.

Charlie

Fico encarando a maneira como ela se despediu e leio as palavras mais algumas vezes.

Não estou apaixonada.

Não mesmo.

Nunca, jamais.

Charlie

Viro o bilhete, esperando ver alguma data. Não há nada que indique quando foi escrito. Se essa garota me escrevia cartas assim, então como é que pode ser verdade tudo que acabei de ler nas minhas anotações sobre a atual fase do nosso namoro? É óbvio que estou apaixonado por ela. Ou pelo menos *estava*.

O que aconteceu com a gente?

O que aconteceu com *ela*?

Dobro a carta e a guardo de volta onde encontrei. O primeiro lugar para onde vou é o endereço da casa de Charlie listado no papel. Se eu não a encontrar lá, talvez consiga mais informações com sua mãe, ou com qualquer coisa que eu puder achar e que a gente não tenha percebido antes.

O portão da garagem está fechado quando paro o carro na entrada da casa. Não tenho como saber se há alguém lá dentro. O local está bagunçado. A lixeira de alguém está revirada perto do meio-fio, com o lixo esparramado pela rua. Tem um gato arranhando o saco de lixo. Quando desço do carro, o animal sai apressado pela rua. Dou uma olhada ao redor enquanto vou até a porta da casa. Não tem ninguém por perto, e todas as janelas e portas dos vizinhos estão fechadas. Bato várias vezes, mas ninguém atende.

Olho ao redor pela última vez antes de virar a maçaneta. *Destrancada*. Abro a porta sem fazer barulho.

Nas cartas que escrevemos para nós mesmos, mencionamos o sótão de Charlie algumas vezes, por isso esse é o primeiro lugar que procuro. *O sótão de Charlie.* Vou conhecer o sótão antes de conhecer a garota. Uma das portas do corredor está aberta. Entro e encontro o quarto vazio. Duas camas... deve ser onde Charlie e a irmã dormem.

Eu me aproximo do armário e olho para o teto, encontrando a entrada para o sótão. Afasto algumas roupas para o lado, e um cheiro invade minhas narinas. É o cheiro dela? Floral. É familiar, mas isso é loucura, não é? Se não me lembro dela, não tenho como me lembrar do cheiro dela. Uso as prateleiras do armário como escada e subo.

A única luz dentro do sótão vem da janela que fica do outro lado. É o suficiente para iluminar o caminho, mas não muito, então pego o celular e ligo a lanterna.

Paro e fico encarando o meu celular. *Como eu sabia que tinha isso aqui?* Eu queria entender por que nos lembramos de algumas coisas e de outras, não. Tento encontrar alguma conexão entre as memórias, mas não consigo pensar em absolutamente nada.

Preciso me curvar porque o teto é baixo demais para que eu fique com as costas eretas. Sigo pelo sótão, indo até uma área de descanso improvisada do lado oposto. Há uma pilha de cobertores com travesseiros em cima.

Ela realmente dorme aqui?

Estremeço quando tento imaginar como alguém passa voluntariamente o tempo num lugar tão isolado. Deve ser bem na dela.

Preciso baixar mais para não bater a cabeça nas vigas. Quando chego à área que ela arrumou para si mesma, dou uma olhada ao redor. Há pilhas de livros ao lado dos travesseiros. Alguns livros ela usa como mesa, com porta-retratos em cima.

Dúzias de livros. Eu me pergunto se ela leu todos, ou se precisa deles apenas por uma questão de conforto. Talvez os use para escapar da vida real. Considerando este lugar, não a julgo.

Eu me inclino para baixo e pego um. A capa é escura, e tem uma casa e uma garota que se fundem formando uma única imagem. É assustador. Não consigo me imaginar sentado aqui sozinho, lendo livros como esse no escuro.

Coloco-o de volta onde o encontrei, e um baú de cedro encostado na parede chama minha atenção. Parece pesado e velho, como se fosse algo passado de uma geração a outra na família. Eu me aproximo e abro a tampa. Lá dentro, há vários livros, todos de capa branca. Pego o que está em cima e o abro.

7 de janeiro — 15 de julho de 2011

Folheio as páginas e percebo que é um diário. Na caixa debaixo desta, tem pelo menos mais cinco.

Ela deve adorar escrever.

Observo tudo ao redor, erguendo travesseiros e cobertores, à procura de algum lugar onde possa colocar os diários. Se quero encontrar esta garota, preciso saber quais lugares ela frequenta. Onde ela estaria, pessoas que pode conhecer. Diários oferecem a maneira perfeita de descobrir esse tipo de informação.

Encontro no chão, a alguns metros de distância, uma mochila vazia e surrada, então a pego e guardo todos os diários dentro. Começo a empurrar coisas para o lado, sacudindo livros, em busca de algo ou de tudo que possa me ajudar. Encontro várias cartas em diversos lugares, algumas pilhas de fotos, post-its aleatórios. Coloco tudo o que cabe dentro da mochila e volto para a entrada do sótão. Sei que também tem algumas coisas no quarto da minha casa, então é para lá que vou em seguida para investigar tudo o mais rápido que posso.

Quando chego na entrada, largo a mochila no buraco do sótão. A bolsa cai no chão com um baque ruidoso, e estremeço, sabendo que deveria ser mais silencioso. Começo a descer as prateleiras, uma por uma, tentando imaginar Charlie subindo e descendo esta escada improvisada toda noite. Se foge para o sótão por escolha própria, ela deve ter uma vida péssima. Quando chego ao chão, pego a mochila e me empertigo. Coloco-a no ombro e sigo na direção da porta.

Fico paralisado.

Não sei o que fazer, pois o policial que bateu na janela do meu carro mais cedo está me encarando.

Será que estar na casa da minha namorada é ilegal?

Uma mulher aparece na porta, atrás do policial. Está com o olhar frenético e o rímel manchado, como se tivesse acabado de acordar. Seu cabelo está bagunçado, e mesmo a vários metros de distância o cheiro de álcool atravessa o quarto.

— Falei que ele estava lá em cima! — grita ela, apontando para mim. — Esta manhã mesmo avisei que ele devia ficar longe daqui, e ele voltou!

Esta manhã?

Ótimo. Eu devia ter informado esse fato para mim mesmo na carta.

— Silas — diz o policial. — Pode me acompanhar até lá fora?

Assinto e me aproximo com cautela dos dois. Não parece que fiz algo errado, porque o policial só pediu para conversar comigo. Se eu tivesse feito alguma coisa errada, ele teria me dado voz de prisão na mesma hora.

— Ele sabe que não devia estar aqui, Grant! — berra a mulher, retornando para o corredor e seguindo na direção da sala. — Ele sabe disso, mas continua voltando aqui! Só está querendo me irritar!

Esta mulher me odeia. Muito. E, como não sei o motivo, fica difícil me desculpar pelo que quer que eu tenha feito.

— Laura — diz ele. — Vou conversar com Silas lá fora, mas você precisa se acalmar e se afastar para que eu possa fazer isso.

Ela chega para o lado e me fulmina com o olhar assim que passamos por ela.

— Você consegue se livrar de tudo, igual ao seu pai — comenta ela.

Desvio o olhar para que ela não veja minha expressão confusa e acompanho o policial Grant até o lado de fora, agarrando a mochila em meu ombro.

Por sorte, a chuva parou. Continuamos andando até pararmos ao lado do meu carro. Ele se vira para mim, e não faço ideia se vou conseguir responder às perguntas que ele está prestes a fazer, mas espero que não sejam específicas demais.

— Por que não está no colégio, Silas?

Comprimo os lábios e penso na resposta.

— Eu, hum... — Olho por cima do ombro dele para o carro passando. — Estou procurando Charlie.

Não sei se devia ter dito isso. Se a polícia não pudesse saber do desaparecimento dela, com certeza eu teria explicado na carta. Mas a carta só dizia que eu precisava fazer o que fosse preciso para encontrá-la e informar seu desaparecimento parece ser o primeiro passo.

— Como assim está procurando Charlie? Por que ela não está no colégio?

Dou de ombros.

— Não sei. Ela não ligou, não deu nenhuma notícia para a irmã e não apareceu na escola hoje. — Aponto para trás, na direção da casa. — E é óbvio que a mãe dela está bêbada demais para perceber que a filha desapareceu, então pensei que eu mesmo deveria tentar encontrá-la.

Ele inclina a cabeça, com mais curiosidade do que preocupação.

— Quem foi a última pessoa que a viu? E quando?

Engulo em seco enquanto me remexo, inquieto.

— Eu. Ontem à noite. A gente discutiu e ela se recusou a voltar para casa comigo.

O policial Grant gesticula para alguém atrás de mim se aproximar de nós. Eu me viro e vejo a mãe de Charlie parada na soleira da porta. Ela sai da casa e anda até o jardim.

— Laura, sabe onde sua filha está?

Ela revira os olhos.

— No colégio, onde deveria estar.

— Não está, não — retruco.

O policial Grant continua encarando Laura.

— Charlie voltou para casa ontem à noite?

A mulher olha para mim e depois para o policial.

— Claro que sim — responde.

Seu tom de voz diminui no final da frase, como se não tivesse certeza.

— Ela está mentindo — digo, impulsivamente.

O policial Grant ergue a mão para que eu fique quieto, enquanto continuava fazendo perguntas para Laura.

— A que horas ela chegou em casa?

Vejo a confusão tomar conta do rosto de Laura. Ela dá de ombros.

— Eu a deixei de castigo por ter matado aula esta semana. Então ela estava no sótão, acho.

Reviro os olhos.

— Ela nem estava em casa! — digo, erguendo o tom de voz. — É óbvio que esta mulher bebeu demais para saber se a própria filha estava em casa ou não!

Ela se aproxima de mim e começa a socar meus braços e meu peito.

— Saia da minha casa, seu filho da mãe! — grita ela.

O policial a agarra pelos braços e olha para a minha caminhonete.

— Pela última vez, Nash. Volte para o colégio.

Laura está se debatendo nos braços dele, tentando se soltar. Ele a segura com firmeza, sem ser sequer perturbado pela movimentação dela. Parece tão acostumado a isso que fico me perguntando se ela já chamou a polícia por minha causa.

— Mas... e Charlie?

Fico confuso por ninguém mais parecer preocupado com ela. Especialmente a própria mãe.

— Como a mãe de Charlie disse, ela deve estar no colégio — diz ele. — De qualquer forma, hoje à noite ela vai ao jogo. Lá nós conversamos.

Concordo com a cabeça, mas sei muito bem que não vou voltar para a escola. Levarei a mochila dos segredos de Charlie comigo e seguirei direto para minha casa, para encontrar mais segredos.

2
Silas

Assim que entro em casa, a primeira coisa que faço é parar. Nada me parece familiar, sequer as fotos nas paredes. Fico aguardando alguns segundos, assimilando tudo. Eu poderia procurar pela casa ou dar uma olhada nas fotos, mas já devo ter feito isso. Tenho pouco tempo, e, se quero descobrir o que aconteceu com Charlie — o que aconteceu com *a gente* —, preciso continuar focado nas coisas com as quais ainda não perdemos tempo.

Encontro meu quarto e vou direto para o armário, para a prateleira onde estão todas as outras coisas que juntamos. Espalho tudo na cama, incluindo o que tem dentro da mochila. Enquanto remexo tudo, tento descobrir por onde devo começar.

Tem coisa demais. Pego uma caneta para anotar algo que possa ser útil, caso eu esqueça tudo isso de novo.

Sei muita coisa recente sobre meu namoro com Charlie, mas só isso. Não sei quase nada sobre como começamos a nos relacionar ou como nossa família se afastou. Sequer faço ideia se isso influenciou o que aconteceu com a gente, mas sinto que é melhor começar pelo início.

Pego um bilhete endereçado a Charlie que parece ser mais antigo, algo que eu mesmo escrevi. A data é de mais de quatro anos atrás, e é uma das muitas cartas que peguei no sótão dela. Talvez ler algo do meu ponto de vista me ajude a entender o tipo de pessoa que sou, mesmo a carta tendo mais de quatro anos.

Eu me sento na cama, encosto na cabeceira e começo a ler.

Charlie,

Você se lembra de alguma vez em que passamos as férias separados? Eu estava pensando nisso hoje. Que nunca foi somente eu e minha família. Sempre foi meus pais e os seus, Landon, Janette, você e eu.

Uma grande família feliz.

Também acho que nunca passamos nenhum feriado separados. Natal, Páscoa, Dia de Ação de Graças. Sempre estivemos juntos, ou na minha casa ou na sua. Talvez seja por isso que nunca achei que tinha apenas um irmão mais novo. Minha sensação sempre foi a de ter um irmão e duas irmãs. E não consigo me imaginar sentindo algo diferente disso, sem que você faça parte da minha família.

Mas estou com medo de ter arruinado isso. E nem mesmo sei o que dizer, porque não quero me desculpar por ter beijado você ontem à noite. Sei que deveria me arrepender, e sei que deveria estar fazendo tudo para compensar o fato de que devo ter estragado oficialmente nossa amizade, mas não me arrependo. Já faz muito tempo que eu queria cometer esse erro.

Estou tentando descobrir quando foi que meu sentimento por você mudou, mas esta noite percebi que não mudou. O que sinto por você, sendo minha melhor amiga não mudou nem um pouco... apenas evoluiu.

Sim, eu te amo, mas agora estou apaixonado por você. E, em vez de olhar para você como se fosse apenas minha melhor amiga, agora você é minha melhor amiga que eu quero beijar.

E, sim, eu amava você como um irmão ama uma irmã. Mas agora amo você como um garoto ama uma garota.

Então, apesar daquele beijo, prometo que nada mudou entre nós. Apenas se tornou algo a mais. Algo bem melhor.

Ontem à noite, quando você estava deitada ao meu lado nessa cama, olhando para mim, sem fôlego de tanto gargalhar, não consegui me conter. Por tantas vezes você me deixou sem fôlego ou me fez sentir como se meu coração estivesse na boca. Mas nenhum garoto de 14 anos teria conseguido se segurar ontem à noite. Então segurei seu rosto e te beijei, algo que sonho em fazer há mais de um ano.

Ultimamente, quando estou perto de você, me sinto como se estivesse bêbado demais para falar. E nunca senti o gosto de bebida alcoólica, mas tenho certeza de que beijar você é igual a ficar bêbado. Se for esse o caso, já estou preocupado com minha sobriedade, porque posso muito bem ficar viciado em beijar você.

Não tenho notícias suas desde que você se livrou de mim e foi embora do meu quarto ontem à noite, então estou come-

çando a ficar preocupado que você não se lembre do beijo da maneira como me lembro. Você não atendeu o celular. Não respondeu às minhas mensagens. Então estou escrevendo esta carta caso precise ser lembrada do que realmente sente por mim. Porque parece que está tentando esquecer.

Por favor, não esqueça, Charlie.

Nunca deixe sua teimosia convencê-la de que nosso beijo foi errado.

Nunca se esqueça de como pareceu certo quando meus lábios finalmente tocaram os seus.

Nunca deixe de sentir necessidade de que eu a beije daquele jeito.

Nunca se esqueça de como você se aproximou... querendo sentir meu coração batendo dentro do seu peito.

Nunca me impeça de beijá-la no futuro, quando uma das suas gargalhadas me deixar com vontade de fazer parte de você novamente.

Nunca deixe de querer que eu a abrace como finalmente a abracei ontem à noite.

Nunca esqueça que fui seu primeiro beijo de verdade. Nunca esqueça que você vai ser meu último beijo. E nunca deixe de me amar entre todos os beijos que der.

Nunca deixe, Charlie.

Nunca esqueça.

— Silas

Não sei por quanto tempo fico encarando a carta, mas é o suficiente para me deixar confuso em relação a como essa situação me faz sentir. Confuso em relação ao fato de que, por alguma razão, acredito em todas as palavras da carta, apesar de não conhecer a garota. E talvez eu até sinta um pouco das palavras. Minha pulsação acelera, pois na última hora fiz tudo o que podia para encontrá-la, e preciso muito saber se Charlie está bem.

Estou preocupado com ela.

Preciso encontrá-la.

Pego outra carta em busca de mais pistas, e nesse momento meu celular toca. Atendo sem olhar o identificador de chamadas. Não adianta ver o nome se não reconheço nenhuma das pessoas que me telefonaria.

— Alô?

— Você tem noção de que esta noite é um dos jogos mais importantes da sua carreira no futebol, não é? Por que diabo não está no colégio? — O tom de voz é forte e zangado.

Deve ser meu pai.

Afasto o celular da orelha e olho para o aparelho. Não faço ideia do que dizer. Preciso ler mais cartas para saber como Silas normalmente responderia ao pai. Preciso descobrir mais sobre essas pessoas que parecem saber tudo sobre mim.

— Alô? — repito.

— Silas, não sei o que está acontecendo com...

— Não estou escutando — digo mais alto. — Alô?

Antes que ele possa falar de novo, encerro a ligação e largo o celular na cama. Pego todas as cartas e os diários que cabem na mochila. Eu me apresso para sair, pois nem deveria estar aqui. Pode aparecer alguém com quem ainda não estou pronto para interagir.

Alguém como meu pai.

3
Charlie

Onde estou?

Esta é a primeira pergunta. Depois: *quem sou eu?*

Balanço a cabeça de um lado para outro, como se este simples gesto pudesse fazer meu cérebro voltar a funcionar. As pessoas normalmente acordam e sabem quem são... *não é?* Meu coração dói por estar batendo tão acelerado. Estou com medo de me sentar, com medo do que vou ver quando fizer isso.

Estou confusa... atordoada, então começo a chorar. É estranho não saber quem você é e ao mesmo tempo saber que você não é de chorar? Fico tão zangada comigo mesma por estar chorando que enxugo com força as lágrimas e me sento, batendo a cabeça bem forte nas barras de metal da cama. Estremeço e massageio a cabeça.

Estou sozinha. Que bom.

Não sei como eu explicaria para alguém que não faço ideia de quem sou nem de onde estou. Estou numa cama Num quarto. Não sei que tipo de quarto, pois está muito escuro. Não tem janelas. Há uma lâmpada tremeluzindo no teto, esforçando-se para formar um Código Morse que não basta para realmente iluminar o pequeno cômodo, mas consigo ver que o chão é de porcelanato branco e reluzente, as paredes são brancas, e não há nada nelas exceto uma pequena televisão.

Há uma porta. Eu me levanto e vou até lá, mas sinto algo forte no estômago conforme vou colocando um pé na frente do outro. *Vai estar trancada, vai estar trancada...*

Está trancada.

Estou em pânico, mas me acalmo e me forço a respirar. Com as costas na porta, olho para o meu corpo enquanto tremo toda. Estou usando uma camisola de hospital e meias. Passo as mãos nas pernas para descobrir que estão peludas... não muito. Isso significa que me raspei recentemente? Meu cabelo é preto. Puxo uma mecha para a frente do rosto, para observá-la melhor. Isso é loucura. Ou talvez eu esteja louca. *Sim. Ai, meu Deus.* Estou num hospital psiquiátrico. É a única coisa que faz sentido. Eu me viro e esmurro a porta.

— Olá?

Encosto o ouvido na porta e tento escutar algum barulho. Ouço o leve zunido de alguma coisa. Um gerador? Um ar-condicionado? É alguma máquina. Fico arrepiada.

Corro até a cama e me espremo no canto para ver a porta. Puxo os joelhos até o peito, a respiração entrecortada. Estou assustada, mas tudo o que posso fazer é esperar.

4
Silas

A alça da mochila pressiona meu ombro enquanto abro caminho pela multidão de alunos no corredor. Finjo saber o que estou fazendo — para onde estou indo —, mas não faço a menor ideia. Pelo que sei, é a primeira vez que piso nesse colégio. A primeira vez que vejo os rostos dessas pessoas. Elas sorriem para mim e me cumprimentam com um gesto de cabeça. Retribuo da melhor forma que consigo.

Observo os números dos armários, seguindo pelos corredores até encontrar o meu. De acordo com tudo o que escrevi, estive aqui ainda essa manhã, investigando o armário, apenas algumas horas atrás. Obviamente não encontrei nada mais cedo, então tenho certeza de que não vou achar nada agora.

Quando finalmente fico diante do meu armário, uma esperança que eu nem sabia que tinha evapora. Acho que parte de mim esperava que eu fosse encontrar Charlie parada aqui, rindo da pegadinha genial que armou para mim. Eu tinha esperança de que esta confusão fosse terminar.

Obviamente, não tive essa sorte.

Primeiro coloco o código no armário de Charlie e o abro para ver se encontro algo que não percebemos mais cedo. Enquanto reviro as coisas ali dentro, sinto alguém se aproximar atrás de mim. Não quero me virar e ter que interagir com um rosto desconhecido, então finjo que não notei a presença da pessoa na esperança de que ela vá embora.

— O que você está procurando?

É a voz de uma garota. Como não faço ideia de como é a voz de Charlie, eu me viro, torcendo para que seja ela. Em vez disso, me deparo com alguém que não é Charlie olhando para mim. A julgar pela sua aparência, presumo que seja Annika. Ela confere com a descrição que Charlie fez dos nossos amigos nas anotações.

Olhos grandes, cabelo preto e encaracolado, olha pra você como se estivesse entediada.

— Estou só procurando uma coisa — murmuro, me virando de novo para o armário de Charlie.

Não encontro nenhuma pista, então fecho o armário dela e começo a colocar o código no meu.

— Amy disse que Charlie não estava em casa hoje de manhã quando passou lá para buscá-la. Janette não fazia ideia de onde ela estava — diz Annika. — Cadê ela?

Dou de ombros e abro meu armário, tentando não aparentar que estou lendo o código num papel na minha mão.

— Não sei. Ainda não tive notícias dela.

Annika fica parada atrás de mim até que eu termine de investigar o meu armário. Meu celular começa a tocar no bolso. É meu pai ligando de novo.

— Silas! — grita alguém ao passar por mim. Ergo o olhar e me deparo com um reflexo de mim mesmo, só que mais novo e não tão... *intenso*.

Landon.

— Papai quer que você ligue pra ele! — berra o menino, andando para trás na direção oposta.

Ergo o celular com a tela virada para ele, para que saiba que já sei disso. Meu irmão balança a cabeça, rindo, e desaparece no corredor. Quero pedir para ele voltar. Há tantas perguntas que quero lhe fazer, mas sei que tudo pareceria uma tremenda loucura.

Aperto um botão para ignorar a chamada e guardo o celular de volta no bolso. Annika continua parada ali e não faço ideia de como me livrar dela. Parece que o antigo Silas tinha problema com monogamia, então espero que Annika não tenha sido uma de suas conquistas.

O antigo Silas está mesmo dificultando as coisas para o atual Silas.

Quando estou prestes a dizer a ela que preciso ir para minha última aula, vejo uma garota por cima do ombro de Annika. Meu olhar encontra o dela, mas a menina o desvia rapidamente. Pela maneira como ela se afasta de forma furtiva, percebo que deve ser quem Charlie chamou de Menina Camarão nas anotações. Ela se parece mesmo com um camarão: pele rosada, cabelo claro, olhos pretos e pequenos.

— Ei! — grito.

Ela continua seguindo na direção oposta.

Passo por Annika e saio correndo atrás da garota. Grito de novo, mas ela apenas acelera o passo e se curva ainda mais, sem se virar para trás nem um momento. Eu deveria saber o nome dela. Provavelmente pararia se eu simplesmente chamasse seu nome. Tenho certeza de que gritar "Ei, Menina Camarão!" não pegaria bem para mim.

Que apelido... Adolescentes são muito cruéis. Tenho vergonha de ser um.

Justamente na hora em que a mão dela ia encostar na maçaneta da sala de aula, eu deslizo na sua frente, com as costas na porta. Ela logo dá um passo para trás, surpresa por ver que estou me dirigindo a ela. A garota abraça os livros no peito e dá uma olhada ao redor, mas estamos no fim do corredor e não tem nenhum outro aluno por perto.

— O que... o que você quer? — pergunta ela, e sua voz não passa de um sussurro disperso.

— Você viu Charlie?

A pergunta parece surpreendê-la ainda mais do que o fato de que estou falando com ela. A menina recua mais um passo para se afastar de mim.

— Como assim? — pergunta ela de novo. — Ela não está me procurando, está? — Seu tom de voz parece temeroso.

Por que ela teria medo de Charlie?

— Escute — digo, dando uma olhada no corredor para garantir nossa privacidade. Olho de novo para ela e percebo que está prendendo a respiração. — Preciso de um favor, mas não quero falar sobre isso aqui. Pode me encontrar depois da aula?

Mais uma vez, uma expressão de surpresa. A menina imediatamente nega com a cabeça. O fato de ela hesitar em ter algo a ver comigo e com Charlie desperta meu interesse. Ou ela sabe alguma coisa e está escondendo, ou sabe algo que poderia me ajudar, mas não faz ideia disso.

— Só por alguns minutos? — pergunto.

Ela balança a cabeça novamente quando alguém começa a vir na nossa direção. Encerro logo a conversa, sem dar a ela a oportunidade de recusar de novo.

— Me encontre no meu armário depois da aula. Tenho algumas perguntas — digo antes de me afastar.

Não olho mais para ela. Sigo pelo corredor, mas na verdade não faço ideia de para onde estou indo. Provavelmente eu deveria ir até o departamento de educação física procurar meu armário de lá. De acordo com o que li nas nossas anotações, no vestiário tem uma carta que ainda não li, junto de algumas fotos.

Eu me viro com pressa no corredor e esbarro em uma garota, fazendo com que ela derrube a bolsa. Murmuro um pedido de desculpas e passo direto, seguindo pelo corredor.

— Silas! — grita ela.

Eu paro.

Merda. Não faço ideia de quem ela seja.

Eu me viro lentamente nos calcanhares, e ela está com a postura ereta, puxando a alça da bolsa mais para cima do ombro.

Fico esperando a menina dizer mais alguma coisa, mas ela apenas me encara. Depois de alguns segundos, ergue as mãos.

— E então? — pergunta ela, frustrada.

Inclino a cabeça, confuso. Ela está esperando um pedido de desculpas?

— E então... *o quê?*

Ela bufa e cruza os braços.

— Encontrou minha irmã?

Janette. Esta é a irmã de Charlie: Janette. Merda.

Imagino que já deve ser bem difícil procurar uma pessoa desaparecida, mas tentar encontrar alguém quando não faz ideia de quem você mesmo é, de quem a pessoa é, e de quem todas as outras são parece meio impossível.

— Ainda não — digo a ela. — Continuo procurando. E você?

Ela dá um passo à frente e fica boquiaberta.

— Você acha que se eu tivesse encontrado ela, estaria perguntando se *você* a encontrou?

Dou um passo para trás, abrindo uma distância segura do seu olhar fulminante.

Entendi. Então Janette não é uma pessoa muito agradável. Eu deveria escrever isso nas anotações para referências futuras.

Ela pega o celular na bolsa.

— Vou ligar para a polícia — diz. — Estou muito preocupada com Charlie.

— Já falei com a polícia.

Ela me encara.

— Quando? O que eles disseram?

— Estive na sua casa. Sua mãe ligou para a polícia quando me encontrou procurando por Charlie no sótão. Falei para o policial que ela está desaparecida desde ontem à noite, mas sua mãe fez parecer que era exagero meu, então ele não levou a sério.

Janette resmunga.

— Claro — diz ela. — Bem, vou ligar pra eles de novo. Preciso ir lá fora para ter um sinal melhor. Depois conto o que eles disseram.

Ela passa por mim para sair do colégio.

Depois que ela vai embora, sigo na direção de onde acho que fica o departamento de educação física.

— Silas — diz alguém atrás de mim.

É brincadeira, né? Não consigo andar dois metros sem ter que falar com alguém?

Quando me viro para quem quer que esteja me fazendo perder tempo, vejo uma garota — ou uma mulher, na verdade — que se encaixa perfeitamente na descrição de Avril Ashley.

Isso é exatamente o que *não* preciso nesse momento.

— Pode me acompanhar até minha sala, por favor?

Aperto a nuca e balanço a cabeça.

— Não posso, Avril.

Ela não revela nada do que está pensando. Fica me encarando com uma expressão inabalável e depois diz:

— Minha sala. Agora!

Ela se vira e segue pelo corredor.

Penso em sair correndo na outra direção, mas não seria nada bom chamar atenção. Mesmo relutante, vou atrás dela até a porta da administração. Passamos pela secretária e entramos numa sala. Dou um passo para o lado enquanto ela fecha a porta, mas não me sento. Encaro-a cautelosamente, mas ela ainda não olhou para mim.

Avril vai até a janela e observa o lado de fora, envolvendo os braços em volta do corpo. O silêncio é, no mínimo, constrangedor.

— Quer me explicar o que aconteceu sexta à noite? — pergunta ela.

Começo a revirar minha memória recém-nascida atrás de alguma coisa relacionada ao que ela está se referindo.

Sexta, sexta, sexta.

Sem minhas anotações, não consigo descobrir nada. Não tenho como me lembrar de cada detalhe do que li nas últimas duas horas.

Como não respondo, ela ri baixinho.

— Você não existe — diz ela, virando-se para mim. Seus olhos estão vermelhos, mas até o momento permanecem secos.
— Por que diabos deu um soco no meu pai?

Ah. O restaurante. A briga com o dono, o pai de Brian.

Espere aí.

Eu me empertigo e os pelos do meu pescoço se arrepiam. Avril Ashley é *irmã* de Brian Finley? Como isso é possível? E por que eu e Charlie teríamos qualquer envolvimento com eles?

— Teve algo a ver com ela? — pergunta.

Ela está jogando muita coisa em cima de mim de uma só vez. Agarro a nuca novamente e a aperto para amenizar o nervosismo. Ela não parece se importar com o fato de que não estou a fim de discutir isso agora. Dá vários passos apressados na minha direção até me cutucar no peito.

— Meu pai estava oferecendo um emprego pra ela, tá? Não sei o que está tramando, Silas. — Ela se vira e retorna para perto da janela. Depois ergue as mãos, frustrada, e se volta para mim. — Primeiro, três semanas atrás você aparece aqui e age como se Charlie estivesse destruindo sua vida por estar se envolvendo com Brian. Faz com que eu sinta pena de você. Até me fez sentir culpada por ser irmã dele. Depois se aproveita disso e me manipula para que eu acabe beijando você, e, depois que finalmente me entrego, você aparece aqui todo dia querendo mais. Então, vai ao restaurante do meu pai, bate nele e depois termina tudo comigo. — Ela recua um passo e põe a mão na testa. — Tem noção do tamanho do problema em que poderia me meter, Silas? — Ela começa a andar de um lado para outro. — Eu gostava de você. Arrisquei meu *emprego* por sua causa. Caramba... arrisquei o relacionamento com meu *irmão* por sua causa. — Ela fica encarando o teto e coloca as mãos no quadril. — Sou uma idiota — diz ela. — Sou casada... Sou uma mulher casada, formada, e estou ficando com um aluno só porque ele é atraente... Sou idiota demais para saber quando alguém está me usando.

Excesso de informações. Nem sequer consigo responder enquanto assimilo tudo o que ela disse.

— Se contar a alguém sobre isso, vou garantir que meu pai preste uma queixa contra você — diz ela com um olhar ameaçador.

Com esse comentário, encontro as palavras:

— Nunca vou contar pra ninguém, Avril. Você sabe disso.

Mas *será* que ela sabe mesmo? O antigo eu não parecia muito confiável.

Ela continua me encarando por vários instantes até que, por fim, parece satisfeita com minha resposta.

— Vá embora. E, se precisar de algum orientador pelo resto do ano, faça um favor para nós dois e mude de colégio.

Toco a maçaneta e espero ela dizer mais alguma coisa. Como isso não acontece, tento compensar o que o antigo Silas fez.

— Se servir de alguma coisa... Desculpe.

Ela comprime os lábios, depois se vira e anda cheia de raiva até a escrivaninha.

— Dê o fora da minha sala, Silas.

Com prazer.

5
Charlie

Devo ter caído no sono. Escuto um barulho suave e depois o som de um metal deslizando no outro. Meus olhos abrem bruscamente, e, por instinto, me encosto com mais força na parede. Não acredito que dormi. Eles só podem ter me drogado.

Eles. Estou prestes a descobrir quem são *eles.*

A porta se abre e minha respiração fica mais acelerada enquanto me contraio, ainda encostada na parede. Um pé, tênis brancos, e depois... o rosto sorridente de uma mulher. Ela entra cantarolando e fecha a porta com um chute. Relaxo um pouco. Ela parece uma enfermeira e veste um uniforme amarelo-claro. Seu cabelo preto está preso num rabo de cavalo baixo. Ela é mais velha, deve ter quarenta e poucos anos. Por um instante, me pergunto quantos anos tenho. Levo a mão ao rosto, como se eu pudesse sentir minha idade ao tocar a pele.

— Oi — diz ela alegremente.

A mulher ainda não olhou para mim. Está ocupada com a bandeja de comida.

Abraço os joelhos com mais força. Ela coloca a bandeja numa mesinha ao lado da cama e me olha pela primeira vez.

— Trouxe seu almoço. Está com fome?

Almoço? O que será que aconteceu com o café da manhã?

Como continuo sem responder, ela sorri e retira a tampa de um dos pratos, querendo me deixar tentada.

— Hoje é espaguete — diz ela. — Você gosta de espaguete.

Hoje? Tipo, há quantos dias estou aqui? Quero fazer essa pergunta, mas minha língua está paralisada de medo.

— Você está confusa. Não tem problema. Está segura aqui — diz ela.

Engraçado, não me *sinto* segura.

Ela me oferece um copo de papel. Fico encarando-o.

— Precisa tomar seus remédios — avisa ela, balançando o copo.

Escuto mais de uma pílula chacoalhando dentro. *Estou sendo drogada.*

— É para quê?

Eu me assusto com o som da minha voz. Rouca. Ou já faz um tempo que não falo nada ou tenho gritado bastante.

Ela sorri de novo.

— Para o de sempre, boba. — Ela franze a testa, ficando séria de repente. — Sabemos o que acontece quando não toma seu remédio, Sammy. E você não quer seguir por aquele caminho de novo...

Sammy!

Fico com vontade de chorar porque tenho um nome! Estendo o braço para o copo. Não sei o que ela quis dizer, mas não quero escolher *aquele* caminho de novo. Deve ser por causa disso que estou aqui.

— Onde estou? — pergunto.

Há três pílulas: uma branca, uma azul, uma marrom.

Ela inclina a cabeça para o lado enquanto me entrega um copo plástico com água.

— Está no hospital Saint Bartholomew. Não se lembra?

Encaro a mulher. Eu deveria me lembrar? Se eu fizer perguntas, ela pode achar que estou louca, e pelo que tudo indica já devo ter enlouquecido mesmo. Não quero piorar as coisas, mas...

Ela suspira.

— Olhe, estou realmente me esforçando com você, menina. Mas precisa se sair melhor desta vez. Não podemos aceitar mais nenhum incidente.

Sou uma menina. Provoco incidentes. Deve ser por isso que estou trancada aqui.

Inclino o copo até sentir as pílulas na língua. Ela me entrega a água e eu bebo. Estou com sede.

— Coma — diz ela, batendo palmas.

Puxo a bandeja para perto. Estou com muita fome.

— Quer ver um pouco de televisão?

Assinto. Ela é muito gentil. E *quero* ver televisão. Ela pega um controle remoto do bolso e a liga. Está passando um programa sobre família. Estão todos sentados à mesa, jantando. *Cadê a minha família?*

Estou começando a sentir sono de novo.

Silas

É incrível como aprendo simplesmente ficando de boca calada.

Avril e Brian são irmãos.

Avril é casada, mas, de alguma maneira, eu a convenci a iniciar um relacionamento meio complicado. E é bem recente, o que eu não esperava. Também me parece estranho ter ido atrás dela em busca de consolo depois de descobrir que Charlie e Brian estavam juntos.

Com base no que aprendi sobre Silas — ou sobre mim mesmo — não me imagino querendo ficar com ninguém além de Charlie.

Vingança? Talvez eu só estivesse usando Avril para conseguir informações sobre Charlie e Brian.

Passo os dez minutos seguintes refletindo sobre o que descobri enquanto percorria o colégio à procura do departamento de educação física. Tudo parece igual: rostos, prédios, pôsteres motivacionais idiotas. Finalmente desisto e entro numa sala de aula vazia. Eu me sento a uma mesa perto da parede dos fundos e abro a mochila cheia de coisas do meu passado. Tiro os diários e algumas cartas, organizando-os por data. As cartas são, em sua maioria, de Charlie ou minhas, mas algumas são do pai dela, que as escreveu na prisão. Isso me deixa triste. Tem algumas pessoas aleatórias... amigos dela, imagino. Os bilhetes que escreveram para ela me irritam, pois são marcados por uma angústia juvenil, superficial, além de estarem cheios de erros de ortografia. Tenho a impressão de que o que quer que esteja acontecendo com a gente não tem quase nada a ver com outras pessoas.

Pego uma das cartas que o pai de Charlie lhe escreveu e a leio primeiro.

Querida Amendoim,

Lembra por que a chamo assim, não é? Você era tão pequena quando nasceu... Eu nunca tinha segurado um bebê no colo antes de você e me lembro de dizer para sua mãe: "Ela é minúscula, parece um amendoinzinho humano!" Sinto saudades, menina. Sei que deve ser difícil para você. Seja forte pela sua irmã e pela sua mãe. Elas não são como a gente, e vão precisar de que você resolva as coisas por elas durante algum tempo. Até eu voltar para casa. Confie em mim, estou me esforçando muito para voltar, voltar para vocês. Enquanto isso, tenho lido bastante. Até li aquele livro de que você gosta tanto. Aquele que tem uma maçã na capa. Uau! Aquele Edward é... como foi que você disse... um sonho?

Enfim, eu queria conversar com você sobre um assunto importante. Então, por favor, preste atenção. Sei que conhece Silas há bastante tempo. Ele é um bom garoto. Não o culpo pelo que o pai dele fez. Mas você precisa ficar longe daquela família, Charlize. Não confio neles. Eu queria poder explicar tudo, e um dia vou fazer isso. Mas, por favor, fique longe dos Nash. Silas não passa de um peão no jogo do pai. Tenho medo de que eles te usem para me atingir. Prometa, Charlize, que vai ficar longe deles. Eu disse para mamãe usar o dinheiro da outra conta para pagar as coisas por enquanto. Se precisar, venda os anéis dela. Sua mãe não vai querer, mas faça isso mesmo assim. Amo você

Papai

Leio a carta duas vezes para garantir que não vou deixar passar nada. O que quer que tenha acontecido entre meu pai e o pai dela, foi algo sério. O homem está preso, e, pela carta que escreveu, parece que ele acha que sua condenação não foi justa. O que me faz perguntar se meu pai é realmente culpado.

Coloco a carta numa nova pilha para separá-la. Se eu deixar todas as cartas que podem ter algum significado numa pilha diferente e a gente ficar sem memória de novo, não vamos precisar perder tempo lendo cartas que não ajudam em nada.

Abro outra que parece ter sido lida umas cem vezes.

Querida Charlie linda,

Você fica muito furiosa quando está esfomeada. Fica esfuriosa. É como se nem fosse a mesma pessoa. Podemos deixar algumas barrinhas na sua bolsa ou algo assim? É que estou preocupado com minhas bolas. O caras estão começando a dizer que estou na sua mão. E sei a impressão que passa. Ontem saí correndo feito um louco para comprar um balde de frango pra você e perdi a melhor parte do jogo. Deixei de ver a melhor reviravolta da história do futebol americano. Tudo porque estou ~~apavorado~~ muito apaixonado por você. Talvez eu esteja mesmo na sua mão. Você ficou bastante sensual com toda aquela gordura de frango no rosto. Rasgando a carne com os dentes feito uma selvagem. Meu Deus. Simplesmente quero me casar com você. Nunca Jamais

Silas

Sinto um sorriso começar a surgir em meu rosto e imediatamente me livro dele. O fato de que essa garota está em algum lugar por aí, sem fazer ideia de quem é ou de onde está, não me permite sorrir. Pego outra carta, desta vez querendo ler algo que ela escreveu para mim.

Querido Silas lindo,

Melhor. Show. De. Todos. Você pode até ser mais gato que o Harry Styles, ainda mais quando faz aquele movimento com o ombro e finge fumar um cigarro. Obrigada por trancar a gente no armário de vassouras e manter sua promessa. Curti MUITO o armário de vassouras. Espero que a gente possa repetir isso na minha casa algum dia. Simplesmente entrar lá e se agarrar enquanto as crianças dormem. Mas com algum lanche, porque... esfuriosa. Por falar em comida, preciso ir porque as crianças de quem estou tomando conta estão jogando um pote de picles na privada. Ops! Talvez fosse melhor a gente ter um cachorro. Nunca Jamais,

— Charlie

Gosto dela. Até meio que gosto de mim mesmo com ela.

Sinto uma dor surgir aos poucos em meu peito. Esfrego-o enquanto observo sua letra. É familiar.

É tristeza. *Eu me lembro de como é se sentir triste.*

Leio outra carta que escrevi para ela, na esperança de saber mais sobre a minha personalidade.

Charlie linda,

Nunca senti tanto a sua falta quanto hoje. Foi um dia difícil. Tem sido um verão difícil, na verdade. O julgamento chegando e o fato de não poder te ver tornaram este ano o pior ano da minha vida.

E pensar que começou tão bem...

Lembra daquela noite em que entrei escondido pela sua janela? Eu me recordo tão bem, mas deve ser porque ainda tenho o vídeo e assisto toda noite. Mas sei que, mesmo se não tivesse gravado em vídeo, ainda assim me lembraria de todos os detalhes. Foi a primeira vez que passamos a noite juntos como casal, mesmo sabendo que a gente não devia passar a noite inteira juntos.

Mas acordar e ver o sol brilhando pela janela e iluminando seu rosto deu a impressão de que era um sonho. Como se a garota que estava em meus braços havia seis horas não fosse real. Porque era impossível a vida ser tão perfeita e tranquila quanto parecia naquele momento.

Sei que às vezes você reclama de como amei aquela noite, mas acho que é porque nunca contei o motivo pra você.

Depois que você dormiu, aproximei a câmera de nós dois. Abracei você e fiquei escutando sua respiração até eu pegar no sono também.

Às vezes, quando tenho dificuldade para dormir, dou play no vídeo.

Sei que é estranho, mas é isso que você ama em mim. Você ama o quanto eu te amo. Porque sim. Amo você até demais. Mais do que qualquer pessoa merece ser amada. Mas não consigo me conter. Amor normal é algo difícil com você. Com você, o amor precisa ser psicótico.

Em breve, essa confusão vai passar. Nossa família vai esquecer como se magoou. Vai perceber como nós dois continuamos unidos e será obrigada a aceitar isso.

Até lá, nunca perca a esperança. Nunca deixe de me amar. Nunca esqueça.

Nunca Jamais,

— Silas

Fecho os olhos com força e solto o ar lentamente. Como é possível sentir saudade de alguém de quem não se lembra?

Deixo as cartas de lado e começo a mexer nos diários de Charlie. Preciso encontrar os que falam dos acontecimentos relacionados aos nossos pais. Esse parece ter sido o catalisador do nosso namoro. Pego um e abro numa página aleatória.

Odeio Annika. Ai, meu Deus, como ela é burra.

Viro outra página. Também odeio um pouco Annika, mas isso não importa, no momento.

Silas fez um bolo de aniversário para mim. Estava péssimo. Acho que ele se esqueceu de colocar ovos. Mas foi o desastre de chocolate mais lindo que já vi. Fiquei tão feliz que até consegui disfarçar quando comi uma fatia. Mas, meu Deus, estava muito ruim. Melhor namorado de todos.

Quero continuar lendo sobre isso, mas não é o que faço. Que tipo de imbecil esquece os ovos? Passo algumas páginas.

Levaram meu pai hoje...

Eu me empertigo.

Levaram meu pai hoje. Não estou sentindo nada. Será que os sentimentos vão surgir depois? Ou talvez eu esteja sentindo tudo. Tudo o que posso fazer é ficar sentada aqui, encarando a parede. Me sinto muito impotente, como se eu devesse estar fazendo alguma coisa. Tudo mudou e estou sentindo uma dor no peito. Silas não para de vir aqui em casa, mas não quero vê-lo. Não quero ver ninguém. Não é justo. Para que ter filhos se a pessoa vai fazer alguma merda ridícula e abandoná-los? Meu pai diz que tudo não passa de um mal-entendido, que a verdade vai vir à tona, mas mamãe não para de chorar. E não podemos usar nenhum dos nossos cartões de crédito porque foram bloqueados. O telefone não para de tocar, e Janette está sentada na cama, chupando o polegar como fazia quando era pequena. Simplesmente quero morrer. Odeio quem quer que tenha feito isso com a minha família. Não consigo nem...

Passo mais algumas páginas.

Vamos ter que nos mudar daqui. O advogado de papai nos contou hoje. Para pagar as dívidas dele, o tribunal vai confiscar a casa. Só sei disso porque estava ouvindo do outro lado da porta do escritório quando ele contou para mamãe. Assim que meu pai saiu, ela se trancou no quarto, e faz dois dias que não sai de lá. A gente precisa deixar a casa daqui a cinco dias. Comecei a empacotar algumas das nossas coisas, mas nem sei com o que poderemos ficar. Nem para onde devemos ir. Faz uma semana que meu cabelo começou a cair. Mechas enormes caem quando o penteio durante o banho. E ontem Janette se meteu numa confusão na escola depois de arranhar o rosto de uma garota que zombou do nosso pai por ele estar preso.

Tenho uns dois mil dólares na poupança, mas, sério, quem é que vai alugar um apartamento para mim? Não sei o que fazer. Ainda não vi Silas, mas ele vem aqui todo dia. Faço Janette mandá-lo embora. Estou com muita vergonha. Todo mundo está falando de nós, até meus amigos. Annika me incluiu por engano numa mensagem de grupo em que eles estavam enviando memes sobre prisão. Pensando bem, não acho que foi por engano. Ela adoraria dar em cima de Silas. Agora é a oportunidade dela. Assim que ele perceber a vergonha que minha família se tornou, não vai querer mais nada comigo.

Argh. Que tipo de pessoa eu era? Por que ela achou isso? Eu nunca... acho que eu nunca...

Será que eu...? Fecho o diário e esfrego a testa. Estou ficando com dor de cabeça, e não sinto que estou mais perto de entender tudo isso. Decido ler mais uma página.

Sinto falta da minha casa. Não é mais minha casa, então será que ainda posso dizer isso? Sinto falta de onde costumava ser a minha casa. Às vezes vou lá, paro do outro lado da rua, e fico me lembrando. Nem sei se a vida era tão boa antes de papai ser preso, ou se eu simplesmente estava vivendo numa bolha de luxo. Pelo menos eu não me sentia assim. Como uma perdedora. Tudo o que minha mãe faz é beber. Ela nem se importa mais com a gente. Fico questionando se ela já se importou com a gente em algum momento, ou se eu e Janette não passávamos de acessórios da sua vida glamorosa. Porque agora só se importa com o que ela própria está sentindo.

Me sinto mal por Janette. Pelo menos tive uma vida real, com pais reais. Ela ainda é pequena. Essa situação toda vai mexer com a cabeça dela porque minha irmã nem vai saber como é ter uma família completa. Ela está o tempo inteiro zangada. Eu também. Ontem zombei de uma criança até ela chorar. Me senti bem... E me senti mal também. Mas é como papai dizia, contanto que eu seja mais malvada do que os outros, eles não me atingem. Vou atacá-los até que me deixem em paz.

Fiquei um pouco com Silas depois do colégio. Ele me levou para comer um hambúrguer e depois me trouxe de carro para casa. Foi a primeira vez que ele viu a merda de lugar em que estamos morando. Notei sua expressão de choque. Ele me deixou, e uma hora depois escutei o barulho de um cortador de grama do lado de fora. Ele passou em casa, pegou o aparelho e algumas ferramentas para dar um jeito na casa. Eu queria amá-lo por ter feito isso, mas tudo que senti foi vergonha.

Ele finge que não se importa com quanto minha vida mudou, mas sei que se importa. Ele tem que se importar. Não sou como antes.

Meu pai anda escrevendo para mim. Ele disse algumas coisas, mas não sei mais no que acreditar. Se ele tiver razão... nem quero pensar sobre isso.

Dou uma olhada nas cartas do pai dela. De qual ela está falando? Então eu vejo. Meu estômago se revira.

Querida Charlize,

Conversei com sua mãe ontem. Ela disse que você continua saindo com Silas. Estou desapontado. Alertei você sobre a família dele. É por causa do pai desse garoto que estou na prisão, e mesmo assim você continua amando ele. Não percebe como isso me magoa?

Sei que acha que o conhece, mas ele é igual ao pai. São uma família de víboras. Charlize, por favor, entenda que não quero magoá-la. Quero te proteger dessas pessoas, mas estou aqui, preso atrás dessas grades, incapaz de cuidar da minha família. Um aviso é realmente tudo que posso te dar, e espero que considere minhas palavras.

Nós perdemos tudo: nossa casa, nossa reputação, nossa família. Mas eles mantêm tudo o que era deles, assim como tudo que era nosso. Isso não está correto. Por favor, fique longe deles. Olhe só o que fizeram comigo. Com todos nós.

Por favor, diga à sua irmã que a amo.

— Papai

Eu me solidarizo com Charlie depois de ler essa carta. Uma garota dividida entre o garoto que obviamente a amava e o pai que a manipulava.

Preciso visitar o pai dela. Encontro uma caneta e anoto o endereço do remetente nas cartas que ele mandou. Pego o celular e pesquiso no Google. O presídio fica a duas horas e meia de carro de Nova Orleans.

Duas horas e meia é muito tempo para desperdiçar quando só tenho um total de 48 horas. E tenho a sensação de já ter desperdiçado muito desse tempo. Anoto os horários de visita e decido que, se eu não tiver encontrado Charlie até amanhã de manhã, vou encontrar o pai dela. Com base nas cartas que acabei de ler, Charlie é mais próxima do pai do que de qualquer outra pessoa. Bem, além do Silas de antigamente. E se *eu* não tenho ideia de onde ela está, o pai dela é provavelmente uma das poucas pessoas que pode ter. Mas será que ele aceitaria receber uma visita minha?

Contraio-me na cadeira quando o último sinal toca, indicando o fim das aulas. Deixo as cartas separadas e as guardo de forma organizada na mochila. É o último horário de aula e espero que a Menina Camarão esteja onde pedi que ela estivesse.

7
Charlie

Estou trancada em um quarto com um garoto. O cômodo é pequeno e tem cheiro de água sanitária. É ainda menor do que o quarto onde eu estava antes, quando peguei no sono. Não me lembro de acordar nem de ser transportada, mas aqui estou, e, para ser sincera, não tenho recordado de muita coisa ultimamente. Ele está sentado no chão, encostado na parede, com os joelhos afastados. Observo-o inclinar a cabeça para trás e cantar o refrão de *Oh, Cecilia*. Ele é muito gato.

— Ai, meu Deus — digo. — Se a gente vai ficar trancado aqui, pode pelo menos cantar alguma coisa boa?

Não sei de onde tirei isso. Nem conheço este garoto. Ele termina, enfatizando a última palavra com um *ê-ê-ê-ê* totalmente desafinado. Então percebo que não apenas conheço a música que ele está cantando, como também sei a letra. As coisas mudam, e de repente não sou mais a garota. Estou observando a garota observar o garoto.

Estou sonhando.

— Estou com fome — diz ela.

Ele ergue o quadril do chão e remexe os bolsos. Quando tira a mão, está segurando uma bala em formato de boia salva-vidas.

— Você é o maior salva-vidas — diz ela, pegando a bala da mão dele.

Ela chuta o pé do garoto, e ele sorri para ela.

— Por que não está com raiva de mim? — pergunta ele.

— Pelo quê? Por ter arruinado nossa noite quando nos obrigou a perder o show só para poder me agarrar dentro do armário de vassouras? Por que diabo eu estaria com raiva? — Ela coloca a bala de menta entre os lábios de um jeito dramático. — Acha que vão escutar a gente quando o show acabar?

— Espero que sim. Ou você vai ficar esfuriosa demais e me tratar mal a noite inteira.

Ela ri, e depois nós dois ficamos sorrindo um para o outro como dois idiotas. Consigo escutar a música tocando. Está mais lenta. Eles dois se trancaram aqui dentro para se agarrar. Que gracinha. Fico com inveja.

Ela sobe em cima dele, que abaixa as pernas para acomodá-la. Depois que ela está montada nele, o menino sobe e baixa as mãos pelas costas dela. A garota está de vestido roxo e botas pretas. Há dois esfregões sujos e um balde amarelo encardido ao lado do casal.

— Prometo que isso não vai acontecer quando a gente for ao show do One Direction — diz ele seriamente.

— Você odeia One Direction.

— Odeio, mas pelo jeito preciso compensar esta noite pra você. Sendo um bom namorado e tal.

As mãos dele provocam a pele exposta das pernas dela. Ele sobe os dedos pela coxa da menina. Quase sinto os arrepios por ela.

Ela inclina a cabeça para trás e desta vez começa a cantar uma música do One Direction. O som compete com a música tocando atrás deles, e ela canta ainda pior do que o garoto.

— Meu Deus — diz ele, tapando a boca da menina. — Eu te amo, só que não.

Ele afasta a mão, e ela a puxa de volta para beijar a palma.

— Você me ama, sim. Também te amo.

Então eles se beijam, e eu acordo. Sinto um forte desapontamento. Fico deitada, bem imóvel, esperando pegar no sono novamente para saber o que acontece com eles. Preciso saber se eles saíram a tempo de ver The Vamps tocar pelo menos mais uma música. Ou se ele manteve sua palavra e a levou para assistir ao One Direction. A união deles me fez sentir tão incrivelmente sozinha que afundo o rosto no travesseiro e choro. Eu gostava mais do pequeno armário abarrotado deles do que do meu quarto. Começo a cantarolar a música que estava tocando e de repente me sento na cama bruscamente.

Eles saíram de lá, *sim*. Durante o intervalo. Consigo escutar a risada dele e ver a expressão confusa do zelador que abriu a porta para os dois. Como é que sei disso? Como posso saber de algo que nunca aconteceu? A não ser que...

Não era um sonho. Isso aconteceu.

Comigo.

Ai, meu Deus. Aquela garota era *eu*.

Levo a mão ao rosto, sorrindo um pouco. Ele me amava. Ele era tão... animado. Eu me deito de novo e me pergunto o que aconteceu com o garoto, e se é por causa dele que estou aqui. Por que não veio me procurar? Será que é possível esquecer um amor daqueles?

E como é que minha vida passou daquilo... para este pesadelo?

8
Silas

Faz quinze minutos que as aulas acabaram. O corredor está vazio, mas aqui estou eu, ainda esperando a Menina Camarão aparecer. Sequer sei o que lhe perguntarei se ela aparecer. Mas senti algo quando a vi... senti que estava escondendo alguma coisa. Talvez ela nem faça ideia de que está escondendo, mas quero descobrir o que essa menina sabe. Por que ela odeia tanto Charlie? Por que *me* odeia tanto?

Meu celular toca. É meu pai de novo. Aperto o botão para ignorar, mas vejo que recebi algumas mensagens sem perceber. Abro-as, mas nenhuma é de Charlie. Não que isso fosse possível, considerando que estou com o telefone dela. Simplesmente aceitei o fato de que ainda tenho um pouco de esperança de que tudo isso não passe de uma piada; de que ela vai me ligar, mandar mensagem ou aparecer ao meu lado e rir de tudo isso.

A mensagem mais recente é de Landon.

Venha logo pro treino. Não vou inventar uma desculpa por você de novo, e temos jogo daqui a três horas.

Não faço ideia de como aproveitar meu tempo da maneira mais eficiente. Com certeza não é indo para o treino, pois não estou nem aí para o futebol. Mas se a esta hora costumo estar no treino, eu devia ir até lá caso Charlie apareça. Afinal de contas, todo mundo acha que ela vai para o jogo esta noite. E como não sei mais onde procurar nem o que fazer, acho que é lá que vou tentar encontrá-la. E, de todo jeito, parece que a Menina Camarão não atendeu ao meu pedido.

*

Finalmente encontro o vestiário, e fico aliviado quando vejo que está vazio. Todo mundo está no campo, então aproveito a privacidade para procurar a caixa que mencionei para mim mesmo nas cartas. Quando a encontro em cima do armário, pego-a e me sento no banco, tirando a tampa.

Dou uma olhada rápida nas fotos. *Nosso primeiro beijo. Nossa primeira briga. Onde nos conhecemos.* Por fim, acho uma carta no fundo da caixa, que tem o nome de Charlie escrito, com uma letra que já reconheço como sendo minha.

Confiro ao redor para garantir que ainda tenho total privacidade, e então desdobro a carta.

A data é da semana passada. Apenas um dia antes de perdemos nossa memória pela primeira vez.

Charlie,

Bem, acho que é isso. O fim de nós dois. O fim de Charlie e Silas.
Pelo menos não foi uma surpresa. Desde o dia em que seu pai foi preso, nós dois sabíamos que não conseguiríamos superar isso. Você culpa meu pai, eu culpo o seu. Eles culpam um ao outro. Nossas mães, que eram melhores amigas, sequer citam mais o nome uma da outra.
Pelo menos a gente tentou, não é? Tentamos muito, mas quando duas famílias se distanciam tanto quanto a nossa, fica um pouco difícil enxergar o futuro que poderíamos ter e nos empolgar de verdade.
Ontem, quando você me perguntou sobre Avril, eu neguei. Você acreditou, porque sabe que eu nunca mentiria pra você. De alguma maneira, parece que você sempre sabe o que está se passando pela minha cabeça antes mesmo de mim, então nunca questiona se estou falando a verdade ou não, pois já sabe a resposta.
E é isso que me incomoda, pois você aceitou muito facilmente minha mentira mesmo sabendo a verdade. O que me faz acreditar que eu tinha razão. Você não está ficando com Brian porque gosta dele. Não está ficando com ele sem eu saber para se vingar de mim. Só está com ele porque quer se punir. E aceitou minha mentira porque, se terminasse comigo, se livraria da culpa que sente.
Você não quer se livrar da culpa. Sua culpa é a maneira com que se pune pelo seu comportamento recente, e sem esse sentimento você não vai mais poder tratar as pessoas como tem tratado.

Sei disso, Charlie, porque eu e você... nós somos iguais. Por mais que esteja tentando parecer forte, sei que lá no fundo seu coração se aperta diante de uma injustiça. Sei que toda vez que insulta alguém, você estremece. Mas faz mesmo assim porque acha que é necessário. Porque seu pai está te manipulando para que você acredite que, se for vingativa, as pessoas não vão encostar um dedo em você.

Certa vez você me disse que muitas coisas boas na vida de uma pessoa impedem o crescimento dela. Você disse que o sofrimento é necessário, porque para alcançar o sucesso, primeiro é preciso superar adversidades. E é isso que você faz... você cria adversidade onde acha que deve existir. Talvez faça isso para ganhar respeito. Para intimidar. Quaisquer que sejam seus motivos, não consigo mais fazer isso. Não consigo vê-la magoar outras pessoas para se fortalecer.

Prefiro amar você, por mais que esteja no fundo do poço, do que odiá-la, por mais que esteja no auge.

Não precisa ser desse jeito, Charlie. Você tem permissão para me amar, apesar do que seu pai diz. Você tem permissão para ser feliz. Mas não pode permitir que o pessimismo te sufoque até não estarmos mais respirando o mesmo ar.

Quero que pare de ficar com Brian. Mas também quero que pare de ficar comigo. Quero que pare de tentar descobrir uma maneira de libertar seu pai. Quero que não se deixe mais enganar por ele. Quero que pare de guardar rancor de mim toda vez que defendo o meu pai.

Você se comporta de um jeito na frente de todo mundo, mas à noite, quando estamos conversando ao telefone, reconheço a verdadeira Charlie. Vai ser uma grande tortura não discar seu número e ouvir sua voz antes de dormir toda noite, mas não posso mais fazer isso. Não posso amar apenas essa parte de você... a parte de você que é verdadeira. Quero te amar enquanto converso com você à noite e também quando te vejo durante o dia, mas você está começando a mostrar dois lados diferentes de si mesma.

E só gosto de um deles.

Por mais que eu tente, é impossível imaginar como você deve estar sofrendo desde que seu pai foi preso. Mas não pode deixar que isso mude quem você é. Por favor, pare de se importar com o que os outros pensam. Pare de permitir que as ações do seu pai definam quem você é. Descubra o que fez com a Charlie por quem me apaixonei. E quando a encontrar, eu estarei aqui. Já disse que nunca vou deixar de te amar. Nunca vou esquecer o que a gente tem.

Mas ultimamente parece que você esqueceu.

Coloquei aqui algumas fotos que quero que você veja. Espero que te ajudem a lembrar o que a gente pode ter de novo um dia. Um amor que não era ditado por nossos pais nem definido pelo status da nossa família. Um amor impossível de ser contido. Um amor que nos fez enfrentar os momentos mais difíceis da nossa vida.

Nunca esqueça, Charlie.

Nunca pare.

— Silas

9
Silas

—Silas, o treinador quer que você se vista e esteja no campo em cinco minutos.

Eu me empertigo ao som dessa voz. Não fico nada surpreso por não reconhecer o rapaz na porta do vestiário, mas assinto como se o reconhecesse. Começo a guardar na mochila a carta e todas as fotos que estavam na caixa, e depois coloco tudo no armário.

Eu ia terminar o namoro com ela.

Será que no fim das contas fiz isso mesmo? Mas ainda estou com a carta. Foi escrita um dia antes de perdermos a memória. É óbvio que nosso namoro estava velozmente indo de mal a pior. Será que cheguei a entregar a caixa a Charlie e ela me devolveu depois de ler a carta?

Infinitas possibilidades e teorias afligem minha mente enquanto tento colocar o uniforme de futebol americano. No fim, preciso procurar no Google como vestir isso. Dez minutos facilmente se passam antes que eu fique pronto e vá para o campo. Landon é a primeira pessoa que me vê. Ele sai da formação e corre até mim. Coloca as mãos nos meus ombros e se inclina na minha direção.

— Cansei de limpar a sua barra. Deixe de lado essa merda que está mexendo com a sua cabeça, seja lá o que for. Precisa se concentrar, Silas. Este jogo é importante, e papai vai ficar furioso se você estragar tudo.

Ele solta meus ombros e volta correndo para o campo. Todos os rapazes estão alinhados, parecendo não fazer nada. Alguns jogam a bola de um para outro. Outros estão sentados na grama, se alongando. Eu me sento na grama perto de onde Landon acabou de se acomodar e começo a imitar seus movimentos.

Gosto dele. Só me lembro de duas conversas que tivemos na vida, e nas duas Landon estava me dando alguma ordem. Sei que sou o irmão mais velho, mas ele parece agir como se eu o tratasse com respeito. Com certeza nós dois éramos próximos. Pela maneira como ele está me olhando, dá para perceber que desconfia do meu comportamento. Ele me conhece bem o suficiente para saber que tem alguma coisa acontecendo.

Tento me aproveitar disso. Alongo a perna diante do corpo e me inclino para a frente.

— Não consigo encontrar Charlie — digo para ele. — Estou preocupado com ela.

Landon ri baixinho.

— Eu devia saber que isso tinha a ver com ela. — Ele troca as pernas e me encara. — E como assim não está encontrando ela? O telefone dela estava no seu carro hoje de manhã. Então ela não tem como te ligar do celular. Ela deve estar em casa.

Nego com a cabeça.

— Ninguém tem notícias dela desde ontem à noite. Ela não voltou pra casa. Janette informou o desaparecimento dela para a polícia uma hora atrás.

Ele me encara, e vejo preocupação em seu olhar.

— E a mãe dela?

Balanço a cabeça.

— Você sabe como ela é. Não ajuda em nada.

Landon assente.

— É verdade — diz ele. — Uma pena o que isso tudo fez com ela.

Suas palavras me fazem pensar. Se ela nem sempre foi assim, o que a fez mudar? Talvez a prisão do marido tenha destruído a mãe de Charlie. Sinto um pouco de compaixão por aquela mulher. Mais do que senti hoje de manhã.

— O que a polícia disse? Duvido que eles considerem que ela está desaparecida só por ter faltado o colégio hoje. Eles precisam de mais provas.

A palavra "provas" não sai mais da minha cabeça assim que meu irmão diz.

Eu não estava querendo admitir para mim mesmo, porque gostaria de me concentrar em encontrá-la, mas, no fundo, estou um pouco preocupado comigo mesmo. Se ela realmente estiver desaparecida e não voltar logo, tenho a impressão de que a única pessoa que a polícia vai querer interrogar é quem a viu por último. E considerando que estou com a carteira, o celular, e todas as cartas e diários que ela escreveu na vida... Isso não vai pegar nada bem para Silas Nash.

Se me interrogarem... como vou saber o que dizer? Não me lembro das nossas últimas palavras. Não recordo o que ela estava vestindo. Nem tenho uma desculpa válida para estar com todos os pertences dela. Um polígrafo indicaria qualquer resposta que eu der como mentira, pois não me lembro de nada.

E se tiver acontecido alguma coisa com ela e eu realmente for o responsável? E se eu tiver ficado em estado de choque, e por isso não consigo me lembrar de nada? E se eu acabei machucando Charlie e essa for a maneira da minha mente me convencer que não fiz nada?

— Silas? Você está bem?

Olho para Landon. *Preciso esconder as provas.*

Apoio as palmas da mão no chão e me levanto imediatamente. Eu me viro e saio correndo na direção do vestiário.

— Silas! — grita ele atrás de mim.

Continuo correndo. Corro até chegar ao prédio e abro a porta com tanta força que bato na parede. Vou correndo até meu armário e escancaro a porta.

Enfio o braço lá dentro, mas não encontro nada.

Não.

Toco nas laterais, na base do armário. Passo as mãos em cada centímetro vazio.

Sumiu.

Passo as mãos no cabelo e me viro, olhando ao redor do vestiário, torcendo para que talvez eu tenha deixado a mochila no chão. Abro o armário de Landon e tiro tudo lá de dentro. Também não está ali. Abro o armário ao lado e faço o mesmo. E o próximo. Nada.

A mochila não está em lugar algum.

Ou estou enlouquecendo ou alguém acabou de entrar aqui.

— Merda. Merda, merda, merda.

Depois que os conteúdos de todos os armários estão no chão, vou para a outra parede cheia de armários e começo a fazer o mesmo. Olho dentro das mochilas das outras pessoas. Esvazio bolsas de academia, deixando as roupas caírem no chão. Encontro de tudo: celulares, dinheiro, camisinhas.

Mas nenhuma carta. Nenhum diário. Nenhuma foto.

— Nash!

Eu me viro e vejo um homem na porta, olhando para mim como se não fizesse ideia de quem sou nem do que deu em mim. *Então somos dois.*

— O que diabo está fazendo?

Olho ao redor para a bagunça que causei. Parece que um tornado acabou de passar pelo vestiário.

Como é que vou me livrar dessa?

Acabei de destruir cada armário daqui. E que explicação eu poderia dar? *Estou procurando provas roubadas para que a polícia não me prenda pelo desaparecimento da minha namorada?*

— Alguém... — Aperto a nuca novamente. Deve ser uma antiga mania minha: apertar o pescoço para aliviar a tensão. — Alguém roubou minha carteira — murmuro.

O treinador olha ao redor do vestiário, e sua expressão furiosa não desaparece nem por um segundo.

— Arrume isso, Nash! Agora! E depois vá direto para a minha sala!

Ele vai embora e me deixa sozinho.

Não perco tempo. Fico aliviado por ter deixado minhas roupas no banco, e não no armário com o resto das coisas que foram roubadas de mim. Minha chave ainda está no bolso da calça. Assim que tiro o uniforme de futebol e visto minha roupa, saio do vestiário, mas não sigo na direção das salas. Vou direto para o estacionamento.

Direto para o meu carro.

Preciso encontrar Charlie.

Esta noite.

Caso contrário, pode ser que eu vá parar atrás das grades, onde não poderei fazer absolutamente nada.

10
Charlie

Escuto a porta ser destrancada novamente e me sento. As pílulas que a enfermeira me deu me deixaram sonolenta. Não sei quanto tempo passei dormindo, mas não é possível que já esteja na hora de fazer outra refeição. No entanto, ela entra com mais uma bandeja. Sequer estou com fome. Será que terminei de comer o espaguete mais cedo? Não me lembro de comer. Devo estar bem mais louca do que imaginava. Mas me lembrei de uma coisa, sim. Será que eu deveria contar para ela? Mas parece algo pessoal. Algo que não quero compartilhar.

— Hora do jantar! — diz ela, apoiando a bandeja.

Ela ergue a tampa, exibindo um prato de arroz com salsicha. Observo-o cautelosamente, me perguntando se vou ter que tomar mais remédios. Como se tivesse lido a minha mente, ela me entrega o pequeno copo de papel.

— Você ainda está aqui — digo, tentando ganhar tempo, porque esses comprimidos me deixam muito mal.

Ela sorri.

— Sim. Tome seus remédios para poder comer antes que esfrie.

Coloco-os na boca enquanto ela observa e tomo um gole d'água.

— Se você se comportar hoje, pode passar um tempo na sala de recreação amanhã. Sei que deve estar morrendo de vontade de sair deste quarto.

O que é me comportar? Até então não tive como aprontar muito.

Como o jantar com um garfo de plástico enquanto ela me observa. Devo ser a maior delinquente para precisar ser supervisionada durante o jantar.

— Prefiro usar o banheiro do que a sala de recreação — digo a ela.

— Coma primeiro. Depois eu volto para levar você ao banheiro e tomar um banho.

Eu me sinto mais como uma prisioneira do que como uma paciente.

— Por que estou aqui? — pergunto.

— Não se lembra?

— Eu estaria perguntando se me lembrasse? — retruco.

Limpo a boca enquanto ela semicerra os olhos.

— Termine de comer — diz ela com frieza.

No mesmo instante, fico irritada com a minha situação, com a maneira como ela controla cada segundo da minha vida, como se fosse a vida dela.

Jogo o prato do outro lado do quarto. Ele se despedaça na parede perto da televisão. O arroz e a salsicha voam por todo canto.

Isso foi bom. Foi *mais* do que bom. Deu a impressão de que era *eu*.

Então eu rio. Inclino a cabeça para trás e rio. É uma risada grave, maliciosa. *Ai, meu Deus!* É por isso que estou aqui. *Looooouca.*

Noto que os músculos na mandíbula dela se contraem. Eu a deixei brava. *Ótimo.* Eu me levanto e corro para pegar um caco quebrado do prato. Não sei o que deu em mim, mas isso parece certo. Defender a mim mesma parece certo.

Ela tenta me pegar, mas consigo me soltar. Pego um pedaço afiado de porcelana. Que tipo de hospital psiquiátrico dá pratos de porcelana para os pacientes? É um desastre anunciado. Aponto o caco na direção dela e dou um passo à frente.

— Conte o que está acontecendo.

Ela não se mexe. Na verdade, parece bem calma.

Então a porta atrás de mim provavelmente se abre, pois de repente sinto uma picada forte no pescoço e caio no chão.

Silas

Paro no acostamento da rua. Agarro o volante, tentando me acalmar.

Todas as coisas sumiram. Não faço ideia de quem pegou. Deve ter alguém lendo nossas cartas neste exato momento. A pessoa vai ler tudo o que escrevemos um para o outro, e, dependendo de quem pegou, provavelmente vou parecer um doente mental.

Pego um papel em branco que encontro no banco de trás e começo a fazer anotações. De tudo o que lembro. Fico furioso, porque não consigo me lembrar nem de um terço do que estava nos bilhetes dentro da mochila. Nosso endereço, o código do nosso armário, nosso aniversário, os nomes de todos os nossos amigos e familiares... não me lembro. Escrevo o pouco de que me recordo. Não posso deixar que isso me impeça de encontrá-la.

Não faço ideia de aonde ir em seguida. Eu poderia voltar à loja de tarô para ver se ela passou por lá. Eu poderia tentar encontrar o endereço da casa cujo portão aparece na foto no quarto dela. Tem que existir alguma ligação, pois vimos a mesma foto na loja de tarô.

Eu poderia dirigir até a prisão e visitar o pai de Charlie, para descobrir o que ele sabe.

Mas a prisão é provavelmente o último lugar aonde eu deveria ir.

Pego o celular e começo a rolar a tela. Passo as fotos de ontem à noite. Uma noite da qual não me lembro de nenhum segundo. Há fotos de nós dois, fotos das nossas tatuagens, fotos de uma igreja, fotos de um músico de rua.

A última foto é de Charlie, parada ao lado de um táxi. Parece que estou do outro lado da rua, tirando uma foto sua enquanto ela se prepara para entrar no carro.

Deve ter sido a última vez que a vi. Na carta estava escrito que ela entrou num táxi na Bourbon Street.

Dou zoom na foto, com o entusiasmo formando um nó na minha garganta. Há uma placa na frente do táxi e um número de telefone na lateral.

Por que não pensei nisso antes?

Anoto o telefone e a placa, e disco o número.

Sinto como se finalmente estivesse progredindo.

*

A empresa de táxi quase se recusou a me passar informações. Por fim, convenci o atendente de que eu era um detetive e de que precisava interrogar o motorista sobre uma pessoa desaparecida. É uma meia verdade. O homem ao telefone disse que ia perguntar e retornaria a ligação. Demorou cerca de trinta minutos para que o meu celular tocasse.

Dessa vez, falei com o próprio motorista do táxi. Ele disse que uma garota que se encaixava na descrição de Charlie pegou o táxi ontem à noite, mas antes que ele pudesse levá-la para qualquer lugar, ela disse para deixar para lá, fechou a porta e foi embora.

Ela simplesmente... saiu andando?

Por que ela faria isso? Por que não iria atrás de mim? Se foi lá que nos separamos, ela devia saber que eu estava logo na esquina.

Ela devia ter algum objetivo. Não me lembro de nada sobre ela, mas, pelo que li, tudo o que Charlie faz tem algum objetivo por trás. Mas qual seria o objetivo dela na Bourbon Street àquela hora da noite?

Só consigo pensar na loja de tarô e no restaurante. Mas nas anotações consta que Charlie nunca voltou ao restaurante, com base nas informações dadas por uma pessoa chamada Amy. Será que ela foi atrás de Brian? Quase sinto um pouco de ciúme ao considerar essa hipótese, mas tenho quase certeza de que ela não faria isso.

Então só pode ser a loja de tarô.

Procuro o Google no celular, sem conseguir me lembrar exatamente do nome do local escrito em nossas anotações. Marco dois lugares no French Quarter e programo o GPS para me levar até lá.

*

Quase no exato instante em que entro, percebo que esta é a loja que descrevemos nas anotações. A que visitamos ontem à noite.

Ontem à noite. *Meu Deus*. Por que não consigo me lembrar de algo que aconteceu apenas um dia atrás?

Passo por cada corredor, assimilando tudo ao meu redor, sem saber direito o que estou procurando. Quando chego ao último corredor, reconheço a foto pendurada na parede. A foto do portão.

Serve apenas de decoração aqui. Não está à venda. Fico na ponta dos pés até encostar os dedos na moldura e puxo a foto para baixo para observá-la mais de perto. O portão é alto e protege uma casa no fundo que mal dá para distinguir na foto. No canto de uma das imensas colunas ao lado do portão aparece o nome francês da casa: *Onc Jamais*.

— Posso ajudá-lo?

Ergo o olhar e me deparo com um homem se agigantando perto de mim, o que é impressionante. Tenho um metro e oitenta e oito de altura de acordo com minha carteira de motorista. Ele deve ter dois metros.

Aponto para a fotografia em minhas mãos.

— Sabe de onde é essa foto?

O homem pega a moldura de mim.

— Sério? — Ele parece agitado. — Eu não sabia o que era quando a sua namorada me perguntou ontem à noite, e esta noite continuo sem saber. É uma foto idiota.

Ele a pendura de volta na parede.

— Não toque em nada a não ser que esteja à venda e você queira comprar.

Ele começa a se afastar, então o sigo.

— Espere — digo, tendo que dar dois passos a cada passada larga que ele dá. — Minha namorada?

Ele não para de andar na direção da caixa registradora.

— Namorada. Irmã. Prima. O que for.

— Namorada — esclareço, apesar de não saber por que faço isso. Está evidente que ele não se importa. — Ela voltou aqui ontem à noite? Depois que a gente foi embora?

Ele se acomoda atrás da caixa registradora.

— Nós fechamos logo depois que vocês dois foram embora. — Ele fixa o olhar no meu e ergue uma sobrancelha. — Vai comprar alguma coisa ou somente passar o resto da noite me seguindo e fazendo perguntas idiotas?

Engulo em seco. Ele me faz sentir como se eu fosse mais novo. Imaturo. É o epítome de um homem, e o osso na sua sobrancelha me faz sentir como uma criança assustada.

Aguente firme, Silas. Você não é um bunda-mole.

— Só tenho mais uma pergunta idiota.

Ele começa a registrar a compra de um cliente. Como não me responde, prossigo:

— O que significa *Onc Jamais*?

Ele nem sequer me olha.

— Significa *Nunca Jamais* — diz alguém atrás de mim.

Eu me viro imediatamente, mas meus pés parecem pesados, como se eu tivesse afundado nos sapatos. *Nunca Jamais?*

Não pode ser coincidência. Charlie e eu repetimos sem parar essa frase nas nossas cartas.

Olho para a mulher a quem a voz pertence, e ela está me encarando, de queixo erguido e uma expressão séria. Seu cabelo está preso. É escuro, com mechas grisalhas. Está usando um tecido longo e esvoaçante que cerca seus pés no chão. Não tenho certeza se é um vestido. Parece que ela simplesmente criou o traje com um lençol e uma máquina de costura.

Ela só pode ser a taróloga. Está desempenhando bem seu papel.

— Onde fica aquela casa? A da foto na parede?

Aponto para a imagem. A mulher se vira e a encara por longos segundos. Sem me olhar de volta, dobra o dedo, indicando que devo segui-la, e vai em direção aos fundos da loja.

Mesmo relutante, vou atrás dela. Antes de passarmos pela porta de cortinas de pérolas, meu celular começa a vibrar no bolso da calça. O aparelho chacoalha ao encostar nas minhas chaves, e a mulher se vira e me olha por cima do ombro.

— Desligue isso.

Olho para a tela e descubro que é meu pai de novo. Coloco o celular no silencioso.

— Não estou aqui para uma consulta — esclareço. — Só estou procurando uma pessoa.

— A garota? — pergunta ela.

Ela se senta do outro lado de uma pequena mesa que fica no centro da sala. Faz um gesto para que eu me sente, mas recuso a oferta.

— Sim. A gente esteve aqui ontem à noite.

Ela assente e começa a embaralhar a pilha de cartas.

— Eu me lembro — diz. Um sorriso irônico se insinua no canto de sua boca. Observo a mulher separar as cartas em pilhas diferentes. Ela ergue a cabeça e seu rosto está inexpressivo. — Mas só eu lembro, não é?

Sua afirmação faz os pelos dos meus braços se arrepiarem. Dou dois passos rápidos para a frente e seguro as costas da cadeira vazia.

— Como sabe disso? — pergunto, impulsivamente.

Ela indica a cadeira de novo. Desta vez, eu me sento. Fico esperando que ela diga mais alguma coisa, conte o que sabe. É a primeira pessoa que tem alguma pista do que está acontecendo comigo.

Minhas mãos começam a tremer. Minha pulsação lateja atrás dos olhos. Fecho-os com força e passo as mãos no cabelo para disfarçar o nervosismo.

— Por favor — digo a ela. — Se sabe alguma coisa, por favor, me conte.

Ela começa a balançar a cabeça lentamente. Para a frente e para trás, para a frente e para trás.

— Não é tão fácil, Silas — afirma a mulher.

Ela sabe meu nome. Quero gritar *Vitória*, mas ainda não tenho nenhuma resposta.

— Ontem à noite, a sua carta estava em branco. Eu nunca tinha visto aquilo. — Ela passa a mão pela pilha de cartas, alinhando-as. — Mas eu já tinha ouvido falar. *Todos* nós já tínhamos ouvido falar daquilo. Mas não conheço ninguém que tenha *visto*.

Carta em branco? Fico com a impressão de ter lido isso nas anotações, mas não adianta, porque não estão mais comigo. E de quem ela estava falando quando disse "*todos* nós já tínhamos ouvido falar daquilo"?

— O que isso significa? O que pode me contar? Como encontro Charlie?

Minhas perguntas saem tropeçando umas nas outras.

— Aquela foto — diz ela. — Por que está tão curioso com aquela casa?

Abro a boca para contar a ela sobre a foto que tem no quarto de Charlie, mas logo a fecho. Não sei se posso confiar nela. Não a conheço. Ela é a primeira pessoa que sabe o que está acontecendo comigo. Poderia ser uma resposta, ou poderia ser sinal de culpa. Se Charlie e eu estamos sob algum feitiço, ela provavelmente é uma das poucas pessoas que saberia fazer algo dessa magnitude.

Meu Deus, isso é ridículo. Um feitiço? Por que estou me permitindo ter esses pensamentos?

— Só fiquei curioso com o nome — digo, mentindo sobre o motivo que me levou a perguntar sobre a casa da foto. — O que mais pode me dizer?

Ela continua realinhando as pilhas de cartas, sem virá-las em momento algum.

— O que posso lhe contar... a *única* coisa que vou lhe dizer... é que precisa se lembrar de algo que alguém queria muito que você esquecesse. — Seus olhos encontram os meus, e ela ergue o queixo novamente. — Agora pode ir. Não posso mais ajudá-lo.

Ela se afasta da mesa e se levanta. Seu vestido faz barulho por causa do rápido movimento, e os sapatos que está usando me fazem questionar sua autenticidade. Eu imaginaria que uma cigana ficasse descalça. Ou será que ela é uma bruxa? Uma feiticeira? Seja lá o que for, quero desesperadamente acreditar que ela pode me ajudar ainda mais. Pela minha hesitação, percebo que não sou o tipo de pessoa que acredita nessas merdas. Porém, meu desespero está vencendo o ceticismo. Se for necessário acreditar em dragões para encontrar Charlie, então serei o primeiro a brandir uma espada diante do fogo que ele soltar.

— Tem que ter *alguma coisa* — digo a ela. — Não consigo encontrar Charlie. Não consigo me lembrar de nada. Nem sei por onde começar a procurar. Precisa me dar mais informações.

Eu me levanto, com um tom de voz desesperado e os olhos ainda mais.

Ela simplesmente inclina a cabeça e sorri.

— Silas, as respostas às suas perguntas estão com alguém muito próximo a você. — Ela aponta para a porta. — Agora pode ir. Você tem muita pesquisa a fazer.

Muito próximo a mim?

Meu pai? Landon? Quem mais, além de Charlie, é próximo de mim? Olho para as cortinas de pérolas e depois para ela. A mulher já está se afastando, indo na direção de uma porta nos fundos. Fico observando-a desaparecer.

Passo as mãos no rosto. Estou com vontade de gritar.

12
Charlie

Quando acordo, está tudo limpo. Nada de arroz, de salsicha, nem de cacos de porcelana para ferir uma vadia.

Caramba! De onde foi que veio isso? Estou me sentindo tonta. Ela cronometra tudo.

Fazer Sammy apagar, trazer a comida horrível dela, fazer Sammy apagar, trazer a comida horrível dela.

No entanto, quando ela volta desta vez, não está trazendo uma comida horrível. Está carregando uma toalha e um sabonete pequeno.

Finalmente! Um banho.

— Hora do banho — diz ela.

Desta vez, não está tão simpática. Sua boca forma uma linha retesada. Eu me levanto, esperando cambalear um pouco. A agulha em meu pescoço foi mais forte do que as outras coisas que eles têm me dado, mas não me sinto tão tonta. Minha mente está aguçada; meu corpo está pronto para reagir.

— Por que só você vem aqui? — pergunto. — Se é enfermeira, deve trabalhar em turnos.

Ela se vira e vai até a porta.

— Oi...?

— Comporte-se — diz ela. — Da próxima vez, você não vai se dar tão bem.

Calo a boca porque ela está prestes a me tirar desse cubículo, e eu quero muito, muito ver o que tem do outro lado da porta.

Ela abre a porta e me deixa sair primeiro. Há outra na minha frente. Fico confusa. Ela vira à direita e vejo que tem um corredor. Logo à minha direita encontro um banheiro. Faz horas que não vou ao banheiro, e, no minuto em que o vejo, minha bexiga começa a doer. Ela me entrega uma toalha.

— O chuveiro só tem água fria. Não demore.

Fecho a porta. O local parece um bunker. Nada de janelas, apenas concreto bruto. O vaso não tem tampa nem assento, é um buraco com uma pia ao lado. Mas eu o uso mesmo assim.

Em cima da pia tem um traje hospitalar novo e calcinha. Observo tudo enquanto faço xixi, procurando alguma coisa. Qualquer coisa. Há um cano enferrujado quase no chão, saindo da parede. Dou descarga e me aproximo do cano. Ao enfiar minha mão, sinto o que está ali. *Que nojo.* Um pedaço do cano corroeu e se desfez.

Abro o chuveiro para o caso de a mulher estar escutando. É um pedaço minúsculo de metal, mas, com algum esforço, consigo removê-lo da parede. Pelo menos é alguma coisa.

Levo-o para o chuveiro comigo, segurando-o em uma das mãos enquanto tomo banho. A água está tão fria que não consigo fazer meus dentes pararem de bater. Tento fechar a mandíbula com mais força, mas meus dentes continuam rangendo dentro da minha cabeça, por mais que eu tente mantê-los parados.

Como sou ridícula... Não tenho controle nem sobre os meus dentes. Não tenho controle nem sobre as minhas memórias. Não tenho controle nem sobre quando como, durmo, tomo banho ou faço xixi.

A única coisa que sinto que sou capaz de controlar é minha possível fuga de onde quer que eu esteja. Agarro o cano nas mãos com toda a minha força, sabendo que talvez esta seja a única coisa capaz de me devolver alguma forma de controle.

Saio do banheiro com o cano enrolado em papel higiênico e enfiado na calcinha, uma calcinha branca e simples que ela deixou para mim. Ainda não tenho um plano... vou apenas esperar o momento certo.

13
Silas

Está escuro. Já faz mais de duas horas que estou dirigindo sem ter ideia de para onde devo ir. Não posso voltar para casa. Não posso ir para a casa de Charlie. Não conheço mais ninguém, então a única coisa que posso fazer é dirigir.

Tenho oito ligações perdidas. Duas de Landon. Uma de Janette. O restante é do meu pai.

Também tenho oito mensagens na caixa postal, e ainda não ouvi nenhuma. Não quero me preocupar com elas neste momento. Nenhuma tem pistas para o que realmente está acontecendo, e ninguém acreditaria em mim se eu contasse. Não posso culpá-los. Fico repassando o dia na minha cabeça, e até mesmo para mim parece ridículo demais acreditar... e olhe que sou eu que estou *vivendo* isso.

É tudo muito ridículo, mas muito real.

Paro num posto de gasolina para encher o tanque. Nem sei direito se comi alguma coisa hoje, mas estou me sentindo tonto, então pego um pacote de batatas e uma garrafa d'água na loja de conveniência.

Enquanto encho o tanque de gasolina, fico o tempo inteiro pensando em Charlie.

Quando volto para a estrada, ainda estou pensando em Charlie.

Eu me pergunto se Charlie comeu alguma coisa.

Se ela está sozinha.

Se estão cuidando dela.

Eu me pergunto como é que posso encontrá-la, pois ela pode estar em qualquer lugar do mundo neste momento. Tudo o que estou fazendo é dirigir em círculos, desacelerando toda vez que vejo uma garota andando na calçada. Não sei onde procurar. Não sei aonde ir. Não sei agir como o garoto que vai salvá-la.

Eu me pergunto o que as pessoas fazem quando não têm para onde ir e quando não precisam estar em lugar algum.

Eu me pergunto se isso que é ser louco. Doente mental. Sinto como se não tivesse controle algum sobre a minha mente.

E se não estou no controle... quem está?

Meu celular toca de novo. Confiro o identificador de chamadas e vejo que é Landon. Não sei por que pego o telefone para atender. Talvez eu simplesmente esteja cansado de ficar pensando sozinho e não conseguir encontrar respostas. Paro no acostamento para falar com ele.

— Alô?

— Por favor, me conte que diabo está acontecendo.

— Tem alguém aí escutando você?

— Não — diz ele. — A partida acabou agora. Papai está falando com a polícia. Todo mundo está preocupado com você, Silas.

Não respondo. Eu me sinto mal por eles estarem preocupados, mas me sinto pior ainda porque ninguém parece preocupado com Charlie.

— A polícia já encontrou Charlie?

Escuto pessoas gritando ao fundo. Parece que meu irmão me ligou no segundo em que o jogo acabou.

— Estão procurando — afirma ele.

Porém, tem algo a mais na voz dele. Algo não dito.

— O que foi, Landon?

Ele suspira novamente.

— Silas... eles estão procurando você também. Acham que... — Sua voz está cheia de preocupação. — Eles acham que você sabe onde ela está.

Fecho os olhos. Eu sabia que isso ia acontecer. Limpo a palma das mãos na calça jeans.

— Não sei onde ela está.

Vários segundos se passam antes que Landon volte a falar:

— Janette procurou a polícia. Ela disse que estava achando seu comportamento estranho, então quando encontrou as coisas de Charlie numa mochila dentro do seu armário no vestiário, ela entregou tudo para a polícia. Você estava com a carteira dela, Silas. E o celular.

— Encontrar as coisas de Charlie comigo não é prova alguma de que sou responsável pelo desaparecimento dela. É prova de que sou o namorado dela.

— Venha para casa — diz ele. — Diga a eles que você não tem nada a esconder. Responda às perguntas deles. Se você cooperar, não vão ter nenhum motivo para te acusar.

Rá. Se ao menos responder às perguntas da polícia fosse fácil.

— Você acha que eu tive alguma coisa a ver com o desaparecimento dela?

— Você *teve*? — retruca ele imediatamente.

— Não.

— Então, não — afirma meu irmão. — Acho que você não tem nada a ver com isso. Onde você está?

— Não sei.

Escuto um barulho abafado, como se Landon estivesse tapando o celular com a mão. Ouço vozes ao fundo.

— Conseguiu falar com ele? — pergunta um homem.

— Ainda estou tentando, pai — responde meu irmão.

Mais murmúrios.

— Você está aí, Silas? — pergunta ele.

— Sim. Tenho uma pergunta — digo. — Você já ouviu falar de um lugar chamado *Onc Jamais*?

Silêncio. Fico esperando uma resposta, mas ele não fala nada.

— Landon? Já ouviu falar?

Mais um suspiro fundo.

— É a casa antiga de Charlie, Silas. O que diabo tem de errado com você? Está usando drogas, não é? Meu Deus, Silas. O que você usou, caralho? Foi isso o que aconteceu com Charlie? É por isso que...

Desligo o telefone enquanto ele ainda está desferindo perguntas. Procuro o endereço domiciliar de Brett Wynwood na internet. Demoro um pouco, mas dois endereços aparecem nos resultados. De um eu me lembro, pois estive lá mais cedo. É onde Charlie mora atualmente.

O outro eu não reconheço.

É o endereço de *Onc Jamais*.

*

A CASA TEM VINTE E QUATRO MIL METROS QUADRADOS E VISTA PARA O LAGO BORGNE. FOI CONSTRUÍDA EM 1860, EXATAMENTE UM ANO ANTES DO INÍCIO DA GUERRA CIVIL. SEU NOME ORIGINAL É "LA TERRE RENCONTRE L'EAU", O QUE SIGNIFICA "A TERRA ENCONTRA A ÁGUA".

FOI USADA COMO HOSPITAL DURANTE A GUERRA, RECEBENDO SOLDADOS CONFEDERADOS FERIDOS. ANOS DEPOIS DA GUERRA, A CASA FOI COMPRADA POR UM BANQUEIRO, FRANK WYNWOOD, EM 1880. A PROPRIEDADE CONTINUOU NA FAMÍLIA, PASSANDO PARA MAIS TRÊS GERAÇÕES, CHEGANDO, POR FIM, ÀS MÃOS DE BRETT WYNWOOD EM 1998, ENTÃO COM TRINTA ANOS.

BRETT WYNWOOD E SUA FAMÍLIA OCUPARAM A CASA ATÉ 2005, QUANDO O FURACÃO KATRINA CAUSOU DANOS SIGNIFICATIVOS À PROPRIEDADE. A FAMÍLIA FOI OBRIGADA A ABANDONAR A CASA, QUE FICOU INTOCADA DURANTE VÁRIOS ANOS ATÉ A RENOVAÇÃO COMEÇAR. A CASA INTEIRA FOI DESTRUÍDA E RECONSTRUÍDA, E APENAS PARTES DAS PAREDES EXTERNAS E DO TETO FORAM POUPADAS.

EM 2011, A FAMÍLIA WYNWOOD SE MUDOU DE VOLTA. DURANTE A INAUGURAÇÃO, BRETT WYNWOOD ANUNCIOU QUE A CASA RECEBERA UM NOVO NOME: "ONC JAMAIS."

QUANDO PERGUNTARAM POR QUE ELE ESCOLHEU A EXPRESSÃO FRANCESA "NUNCA JAMAIS", ELE DISSE QUE NA VERDADE FOI SUA FILHA DE CATORZE ANOS, CHARLIZE WYNWOOD, QUE ESCOLHEU O NOME. "ELA DISSE QUE É UMA HOMENAGEM À HISTÓRIA DA FAMÍLIA. NUNCA ESQUEÇA AQUELES QUE ABRIRAM CAMINHO ANTES DE VOCÊ. NUNCA PARE DE TENTAR MELHORAR O MUNDO PARA QUEM VAI MORAR NELE DEPOIS."

A FAMÍLIA WYNWOOD OCUPOU A CASA ATÉ 2013, QUANDO A PERDERAM POR EXECUÇÃO HIPOTECÁRIA APÓS O GRUPO FINANCEIRO WYNWOOD-NASH SER INVESTIGADO. A CASA FOI VENDIDA NUM LEILÃO NO FIM DE 2013 PARA UM COMPRADOR ANÔNIMO.

Acrescento a página aos favoritos do meu celular e faço uma anotação sobre o artigo. Eu o encontrei logo após estacionar diante da propriedade, bem ao lado do portão trancado.

A altura do portão é impressionante, como se quisessem que os visitantes soubessem que as pessoas do lado de dentro são mais poderosas do que as outras.

Eu me pergunto se era assim que o pai de Charlie se sentia morando aqui. Eu queria saber quão poderoso ele se sentiu quando alguém passou a ter a posse da propriedade que era da sua família havia gerações.

A casa fica no fim de uma rua isolada, como se a rua também pertencesse ao portão. Após a tentativa de encontrar uma maneira de dar a volta no portão, concluo que não é possível. Está escuro, então talvez eu não esteja enxergando algum caminho ou alguma entrada alternativa. Nem sei por que quero passar do portão, mas é inevitável achar que as fotos deste local são pistas.

Como estão me procurando para me interrogarem, é melhor dirigir apenas o necessário esta noite, por isso decido ficar aqui até amanhecer. Desligo o carro. Se quero conseguir fazer alguma coisa amanhã, preciso tentar ter pelo menos algumas horas de sono.

Inclino o banco para trás, fecho os olhos e questiono se vou sonhar esta noite. Nem sei com o que sonharia. Não consigo sonhar se não dormir, mas tenho a impressão de que vai ser impossível pegar no sono esta noite.

Quando penso nisso, meus olhos se abrem bruscamente.

O vídeo.

Em uma das minhas cartas, mencionei ter pegado no sono vendo um vídeo de Charlie dormindo. Procuro em meu celular até encontrá-lo. Aperto play e fico esperando para ouvir a voz de Charlie pela primeira vez.

14
Charlie

Mais sono.

Mas desta vez não é por causa dos remédios. Fingi engolir os comprimidos deixando-os na bochecha. Ficaram ali por tanto tempo que começaram a se dissolver. Assim que a porta se fechou após a mulher sair, cuspi na mão.

Já chega de sonolência. Preciso clarear a mente.

Mais cedo, dormi porque quis e sonhei mais. Sonhei com o mesmo garoto que apareceu no primeiro sonho. Ou será que devo dizer primeira lembrança? No meu sonho, o garoto me conduzia por uma rua suja. Ele não olhava para mim, e sim para a frente. Seu corpo inteiro estava inclinado para a frente, como se alguma força invisível o controlasse. Em sua mão esquerda, havia uma câmera. Ele parou de repente e olhou para o outro lado da rua. Segui seu olhar.

— Ali — disse ele. — Olhe.

Mas eu não quis olhar. Virei as costas para o que ele estava observando, e olhei para uma parede. Então, de repente, a mão dele não estava mais segurando a minha. Eu me voltei e o vi atravessar a rua e se aproximar de uma mulher sentada de pernas cruzadas, encostada numa parede. Ela ninava um bebê minúsculo enrolado num cobertor de lã. O garoto se agachou diante dela. Os dois ficaram bastante tempo conversando. Ele entregou alguma coisa para a mulher, que sorriu. Quando o rapaz se levantou, o bebê começou a chorar. Nesse momento, ele tirou a foto.

Quando acordei, ainda conseguia ver o rosto dela, mas não era uma imagem da vida real, era uma foto. A que ele tirou. Uma mãe maltrapilha, com o cabelo emaranhado, encarava o bebê, cuja boca minúscula estava aberta e berrando, e atrás deles havia uma porta azul-clara com a tinta descascando.

Quando o sonho acabou, não me senti triste como da última vez. Fiquei com vontade de conhecer o garoto que documentou o sofrimento em cores tão vívidas.

*

Fico acordada durante boa parte do que suponho ser a noite. Até que a mulher volta trazendo o café da manhã.

— Você de novo — digo. — Nunca tem um dia de folga... nem uma hora.

— Pois é — retruca ela. —Temos poucos funcionários, então estou trabalhando em dobro. Coma.

— Não estou com fome.

Ela me oferece um copo com os comprimidos. Não aceito.

— Quero ver um médico — afirmo.

— O médico está muito ocupado hoje. Mas posso marcar um horário para você. Provavelmente ele vai poder te atender em algum momento na semana que vem.

— Não. Quero ver um médico hoje. Quero saber que remédio você está me dando e quero saber por que estou aqui.

É a primeira vez que vejo algo além de simpatia e tédio na sua expressão. Ela se inclina para a frente, e sinto seu hálito de café.

— Não seja malcriada — sussurra ela. — Você não faz exigência nenhuma aqui, está me entendendo?

Ela empurra os comprimidos na minha direção.

— Só vou tomar quando algum médico me explicar por que devo fazer isso — digo, indicando o copo com a cabeça. — *Você* está *me* entendendo?

Acho que ela vai me bater. Enfio a mão debaixo do travesseiro e pego o pedaço do cano. Os músculos dos meus ombros e das costas se retesam, e encosto a ponta dos pés no azulejo. Estou pronta para atacar se for preciso. Porém, a enfermeira se vira, enfia a chave na porta e vai embora. Escuto o barulho da tranca e fico sozinha mais uma vez.

15
Silas

— Não acredito que você fez eles caírem nessa — digo para ela.

Ponho as mãos na sua cintura, empurrando-a até encostar suas costas na porta do quarto. Ela põe a palma das mãos no meu peito e me olha com um sorriso inocente.

— Caírem no quê?

Rio e encosto os lábios no seu pescoço.

— É uma *homenagem* à *história* da família? — Rio, percorrendo seu pescoço com os lábios e me aproximando de sua boca. — O que você vai fazer se algum dia quiser terminar comigo? Vai ficar morando numa casa que tem o nome da frase que você usava com seu ex-namorado.

Ela balança a cabeça e me empurra para poder passar por mim.

— Se algum dia eu quiser terminar com você, é só pedir para o meu pai mudar o nome da nossa casa.

— Ele nunca faria isso, Char. Ele achou genial o significado falso que você deu.

Ela dá de ombros.

— Então vou causar um incêndio para destruí-la.

Ela se senta na beirada do colchão, e eu me acomodo ao seu lado, empurrando-a para que se deite. Charlie ri enquanto me inclino por cima dela e a prendo com as mãos. Ela é tão linda...

Eu sempre soube que Charlie era linda, mas esse ano foi ótimo para ela. Ótimo *mesmo*. Olho para seus peitos. É impossível não olhar. Ficaram tão... *perfeitos* esse ano.

— Acha que seus peitos pararam de crescer? — pergunto a ela.

Ela ri e dá um tapa no meu ombro.

— Você é nojento.

Levo os dedos até onde sua camisa faz uma dobra no pescoço. Meus dedos percorrem seu peito até encontrar o decote da camisa.

— Quando acha que vai me deixar ver?

— Nunca, jamais — responde ela, rindo.

Resmungo.

— Qual é, Charlie linda. Já faz catorze anos que amo você. Eu devia merecer alguma coisa por isso... uma olhada rápida, uma mão por cima da camisa.

— Temos 14 anos, Silas. Pergunte de novo quando tivermos 15.

Sorrio.

— Pra mim, faltam só dois meses.

Encosto os lábios nos dela e sinto seu peito subir e tocar o meu quando ela inspira depressa. *Meu Deus, que tortura.*

Sua língua desliza para dentro da minha boca enquanto sua mão acaricia minha nuca, me puxando para perto. *Que tortura mais deliciosa.*

Levo as mãos até sua cintura, levantando aos poucos sua camisa até meus dedos tocarem sua pele. Abro bem a mão na sua cintura, sentindo o calor do seu corpo na minha palma.

Continuo beijando Charlie enquanto minha mão explora ainda mais seu corpo, centímetro por centímetro, até a ponta de um dos meus dedos encostar no tecido do seu sutiã.

Quero continuar... sentir a maciez na ponta dos dedos. Quero...

— Silas!

Charlie afunda no colchão. Seu corpo inteiro é absorvido pelos lençóis e eu fico apalpando o travesseiro vazio.

O que diabo foi isso? Para onde ela foi? As pessoas não desaparecem assim.

— Silas, abra a porta!

Fecho os olhos com força.

— Charlie? Onde você está?

— Acorde!

Abro os olhos e não estou mais na cama de Charlie.

Não sou mais um garoto de 14 anos prestes a tocar em um peito pela primeira vez.

Sou... Silas. Perdido, confuso e dormindo num maldito carro.

Um punho cerrado golpeia a janela do lado do motorista. Durante alguns segundos, deixo meus olhos se ajustarem à luz do sol que entra no veículo e depois olho para cima.

Landon está parado ao lado da minha porta. Eu me sento imediatamente e me viro, olhando para trás e para os lados.

É apenas ele. Ninguém mais veio junto.

Estendo o braço na direção da maçaneta e espero ele dar um passo para o lado antes de abrir a porta.

— Encontrou ela? — pergunto, saindo do carro.

Ele balança a cabeça.

— Não, ainda estão procurando.

Landon aperta a nuca, assim como eu faço quando estou nervoso ou estressado.

Abro a boca para questionar como ele sabia onde me encontrar. Mas depois a fecho quando lembro que perguntei sobre esta casa logo antes de desligar na cara dele. Claro que ele viria procurar aqui.

— Você precisa ajudá-los a encontrá-la, Silas. Precisa contar tudo o que sabe.

Eu rio. *Tudo o que sei.* Eu me encosto no carro e cruzo os braços. Paro de sorrir diante do ridículo da situação e encaro meu irmão mais novo.

— Eu não sei nada, Landon. Nem sei quem *você* é. E, de acordo com a minha memória, eu nem *conheço* Charlize Wynwood. Como é que vou contar isso pra polícia?

A cabeça de Landon está inclinada. Ele me encara... em silêncio e com curiosidade. Meu irmão acha que eu enlouqueci, dá para ver em seus olhos.

Talvez ele tenha razão.

— Entre no carro — digo a ele. — Tenho muita coisa pra te contar. Vamos dar uma volta.

Abro minha porta e entro novamente no carro. Landon espera durante vários segundos, mas, no fim, anda até o carro estacionado ao lado da vala. Ele o tranca e se aproxima da porta do carona do meu carro.

*

— Deixe ver se entendi direito — diz ele, inclinando-se para a frente na mesa. — faz mais de uma semana que você e Charlie andam perdendo a memória. E andam escrevendo cartas para vocês mesmos. As cartas estavam na mochila que Janette encontrou e entregou para a polícia. A única pessoa que sabe disso é uma taróloga qualquer. Acontece no mesmo horário, a cada quarenta e oito horas, e você diz que não se lembra de nada do que aconteceu no dia anterior do desaparecimento de Charlie?

Assinto.

Landon ri e se encosta no banco. Balança a cabeça e pega a bebida, enfiando o canudo na boca. Dá um grande gole e suspira fundo enquanto coloca o copo de volta na mesa.

— Se essa é sua maneira de tentar se safar do assassinato dela, vai precisar de um álibi bem melhor do que uma ridícula maldição de vudu.

— Ela não está morta.

Ele ergue a sobrancelha, duvidando. Não posso culpá-lo. Se estivesse no lugar dele, de jeito nenhum eu acreditaria em tudo que acabei de dizer.

— Landon, não espero que você acredite em mim. Não mesmo. É ridículo. Mas só para rir um pouco, não pode entrar na brincadeira por algumas horas? Basta fingir que acredita em mim e responder às perguntas que eu fizer, mesmo se achar que já sei as respostas. E, se amanhã ainda achar que estou louco, pode me entregar para a polícia.

Ele balança a cabeça e parece desapontado.

— Eu nunca entregaria você para a polícia, mesmo se achasse que está louco, Silas. Você é meu irmão. — Ele gesticula para chamar a garçonete e pedir refil da sua bebida. Landon dá um gole e se acomoda. — Está bem. Manda ver.

Sorrio. Eu sabia que não gostava dele à toa.

— O que aconteceu entre Brett e o nosso pai?

Landon ri baixinho.

— Isso é ridículo — murmura ele. — Você sabe mais sobre isso do que eu. — Mas depois se inclina para a frente e começa a responder a minha pergunta. — Uns dois anos atrás, começaram uma investigação por causa de uma auditoria externa. Várias pessoas perderam muito dinheiro. Papai foi inocentado e Brett foi condenado por fraude.

— E papai é mesmo inocente?

Landon dá de ombros.

— Gosto de pensar que sim. O nome acabou ficando sujo no meio da confusão, e ele perdeu boa parte dos negócios depois do que aconteceu. Tem tentado reconstruí-lo, mas agora ninguém mais quer confiar seu dinheiro a ele. Mas acho que a gente não pode reclamar. Nossa situação é bem melhor do que a da família de Charlie.

— Papai acusou Charlie de pegar alguns arquivos do escritório dele. Sobre o que ele estava falando?

— Não estavam conseguindo descobrir para onde o dinheiro estava sendo direcionado, então presumiram que Brett ou papai o estavam escondendo em contas em paraísos fiscais. Antes do julgamento, teve um período em que papai passou três dias sem dormir. Ele repassou cada detalhe de todas as transações e todos os recibos guardados dos últimos dez anos. Certa noite, ele saiu do escritório segurando um arquivo. Disse que havia encontrado... que tinha encontrado onde Brett estava guardando o dinheiro. Finalmente tinha a informação de que precisava para responsabilizar Brett por tudo. Ele ligou para o advogado e lhe disse que entregaria a prova depois de dormir algumas horinhas. No dia seguinte... ele não conseguiu encontrar os arquivos. Deu a maior bronca em você, presumindo que tinha contado para Charlie. Até hoje ele acredita que Charlie pegou aqueles arquivos. Ela negou. Você negou. E sem a prova que ele alegava ter, nunca poderiam jogar todas as acusações em cima de Brett. Ele deve sair da prisão em cinco anos por causa de bom comportamento, mas, pelo que papai diz, aqueles arquivos o teriam condenado à prisão perpétua.

Meu Deus. É muita coisa pra lembrar.

Ergo o dedo.

— Já volto.

Saio da mesa e corro para fora do restaurante, seguindo direto para o meu carro. Procuro mais papel para anotar. Quando eu volto, Landon ainda está na mesa. Não faço mais nenhuma pergunta antes de anotar tudo o que ele acabou de me contar. Depois dou uma pequena informação para ele, querendo ver sua reação.

— Fui eu quem pegou os arquivos — digo para Landon.

Olho para ele, que semicerrou os olhos.

— Achei que você tinha dito que não conseguia se lembrar de nada.

Balanço a cabeça.

— Não consigo. Mas fiz uma anotação sobre alguns arquivos que encontrei, que estava escondendo. Por que você acha que eu teria feito isso se eles provariam a inocência do nosso pai?

Landon reflete por um instante e balança a cabeça.

— Não sei. Quem quer que tenha afanado os documentos, nunca fez nada com eles. Então você só teria escondido se fosse para proteger o pai de Charlie.

— Por que eu iria querer proteger Brett Wynwood?

— Talvez você não estivesse protegendo Brett pelo bem dele. Talvez tenha feito isso por Charlie.

Largo a caneta. *É isso.* Eu só pegaria aqueles arquivos se fosse para proteger Charlie.

— Ela e o pai eram próximos?

Landon ri.

— Demais. Ela era a queridinha do papai e tal. Sinceramente, acho que a única pessoa que ela amava mais do que você era o pai.

Sinto como se estivesse desvendando uma peça do quebra-cabeça, por mais que não seja o quebra-cabeça que eu deveria estar desvendando. Pelo que sei do antigo Silas, ele teria feito de tudo para deixar Charlie feliz. O que inclui impedir que ela descobrisse a verdade sobre o próprio pai.

— O que aconteceu entre mim e Charlie depois disso? Quer dizer... se ela amava o pai tanto assim, acho que o fato de o meu pai ter colocado o dela atrás das grades pode ter feito com que Charlie nunca mais quisesse falar comigo.

Landon balança a cabeça.

— Você era tudo o que ela tinha — afirma ele. — Ficou do lado dela durante todas as coisas, e nada deixou papai mais furioso do que saber que você não ficou 100% ao lado dele.

— Eu achava que papai era inocente?

— Achava — diz Landon. — Você só fez questão de ficar neutro em relação a ele e a Charlie. Infelizmente, para papai isso significava que você estava do lado *deles*. Faz um ou dois anos que a relação de vocês dois está um pouco abalada. Ele só fala com você quando está gritando da arquibancada durante os jogos de sexta à noite.

— Por que ele é tão obcecado pela ideia de eu jogar futebol americano?

Landon ri de novo.

— Ele é obcecado com a ideia de que os filhos estudem na sua antiga universidade desde antes de saber que teria filhos. Ele enfiou o futebol na nossa cabeça desde que começamos a andar. Não me importo com isso, mas você sempre odiou. E isso faz com que ele se ressinta ainda mais de você, porque você tem talento. Está no seu sangue. Mas tudo o que você sempre quis foi poder parar de jogar. — Ele sorri. — Nossa, devia ter visto a cara dele quando apareceu ontem à noite e viu que você não estava no campo. Inclusive, ele tentou interromper o jogo até que encontrassem você, mas os policiais não deixaram.

Anoto isso.

— Sabe... nem lembro como se joga futebol.

Um sorriso afetado se forma nos lábios de Landon.

— Esta é a primeira coisa que diz hoje e eu acredito. No outro dia, quando a gente estava no agrupamento, você parecia perdido. Você. Faça aquela... coisa. — Ele cai na gargalhada. — Então acrescente isso à sua lista. Você esqueceu como se joga futebol. Que conveniente.

Acrescento à lista.

Eu me lembro de letras de músicas.

Esqueci pessoas que conhecemos.

Eu me lembro de pessoas que não conhecemos.

Eu me lembro de como se usa uma câmera.

Odeio futebol americano, mas sou obrigado a jogar.

Esqueci como se joga futebol americano.

Fico encarando a lista. Tenho certeza de que a lista antiga tinha bem mais coisas, mas não consigo me lembrar de quase nada que estava escrito nela.

— Deixa eu ver isso aí — diz Landon. Ele observa as anotações que já fiz. — Porra. Você está mesmo levando isso a sério. — Fica encarando o papel por alguns segundos e depois o devolve para mim. — Parece que consegue se lembrar de coisas que quis aprender, como letras de música e como usar sua câmera. Só que tudo o mais que lhe ensinaram, você esqueceu.

Pego a lista na minha frente e a analiso. Ele tem razão, com exceção do fato de que não consigo me lembrar das pessoas. Anoto isso e depois continuo fazendo minhas perguntas.

— Há quanto tempo Charlie está com Brian? A gente tinha terminado?

Ele passa a mão no cabelo e toma um gole do refrigerante. Ergue os pés e se encosta na parede, estendendo as pernas no banco.

— A gente vai passar o dia inteiro aqui, não é?

— Se for necessário, sim.

— Brian sempre teve uma quedinha por Charlie e todo mundo sabe disso. Você e Brian nunca se deram bem por causa disso, mas dão um jeito de se entender por causa do time de futebol. Charlie começou a mudar depois que o pai foi para a prisão. Ela não estava mais tão boazinha... não que antes ela fosse muito boazinha. Mas ultimamente ela meio que ficou briguenta. Agora vocês dois só se desentendem. Para ser sincero, não acho que eles estejam juntos há muito tempo. No início, ela só dava atenção a ele quando você estava por perto, só para te deixar furioso. Imagino que, para dar continuidade, ela teve que manter as aparências com ele quando os dois estavam a sós. Mas não acredito que Charlie goste dele. Ela é muito mais inteligente do que aquele garoto. Se alguém estava sendo usado, era Brian.

Estou anotando tudo, enquanto também balanço a cabeça. Tive a impressão de que ela não estava a fim daquele cara de verdade. Pelo visto, meu namoro com Charlie estava chegando ao limite, e ela fazia o que podia para testar nossa força.

— Qual a religião de Charlie? Ela gostava de vudu, de feitiços ou algo assim?

— Não que eu saiba — diz ele. — Todos nós tivemos uma criação católica. Mas não praticamos de verdade, apenas em feriados importantes.

Anoto isso e tento pensar em outra pergunta. Ainda tenho muitas e não sei qual fazer em seguida.

— Tem mais alguma coisa? Algo fora do habitual que aconteceu semana passada?

No mesmo instante, percebo que ele está escondendo alguma coisa pela mudança na sua expressão e pela maneira que muda de posição na cadeira.

— O que foi?

Ele tira os pés do assento e se inclina para a frente, baixando o tom de voz:

— A polícia... esteve lá em casa hoje. Escutei quando eles perguntaram a Ezra se ela havia encontrado algo fora do comum. No início ela respondeu que não, mas acho que a culpa falou mais alto. Ela fez um comentário sobre ter encontrado lençóis no seu quarto. E disse que estavam sujos de sangue.

Eu me encosto na cadeira e encaro o teto. Isso não é bom.

— Espere — digo, me inclinando para a frente mais uma vez. — Isso foi na semana passada. Antes de Charlie desaparecer. Não pode ter a ver com ela, se é isso que estão pensando.

— Não, eu sei. Ezra também falou isso para eles. Que foi na semana passada e que ela viu Charlie naquele dia. Mas, mesmo assim, Silas... O que diabo vocês estavam fazendo? Por que tinha sangue nos seus lençóis? Pela maneira como a polícia pensa, devem estar presumindo que você bateu em Charlie ou algo assim, e que a situação acabou indo longe demais.

— Eu nunca machucaria ela — digo, na defensiva. — Amo aquela garota.

Assim que as palavras saem da minha boca, balanço a cabeça, sem sequer entender por que disse aquilo. Eu nunca a conheci. Nunca nem ao menos falei com ela.

Mas dane-se. Acabei de dizer que amo ela, e estava sendo totalmente sincero.

— Como você pode amar Charlie? Está dizendo que não se lembra dela.

— Talvez eu não me lembre dela, mas com certeza ainda a sinto. — Eu me levanto. — E é por isso que precisamos encontrá-la. Começando pelo pai dela.

*

Landon tenta me acalmar, mas ele não faz ideia de como é frustrante perder oito horas inteiras quando, no total, só se tem quarenta e oito horas.

Já passa das oito da noite, portanto perdemos, oficialmente, o dia inteiro. Assim que saímos do restaurante, seguimos até a prisão para visitar Brett Wynwood. O local fica a quase três horas de distância. Acrescento a isso a espera de duas horas, para, no fim das contas, sermos informados que não estamos na lista de visitas e que não há nada que eles possam fazer para mudar isso. Fico mais do que furioso.

Não posso me dar o luxo de cometer erros quando tenho apenas algumas horas sobrando para descobrir onde Charlie está antes de esquecer tudo o que aprendi desde ontem.

Estacionamos ao lado do carro de Landon. Desligo o motor e saio do meu carro, andando até o portão. Há dois cadeados que parecem nunca ter sido abertos.

— Quem comprou esta casa? — pergunto a Landon.

Escuto ele rindo atrás de mim, por isso me viro. Ele percebe que não estou achando graça da situação, então joga a cabeça para trás.

— Fala sério, Silas. Chega de fingir. Você sabe quem comprou a casa.

Inspiro calmamente pelo nariz e expiro pela boca, lembrando que não posso culpá-lo por achar que estou inventando tudo. Assinto e depois me volto para o portão.

— Entre na brincadeira, Landon.

Escuto-o chutar o cascalho e resmungar. Depois ele diz:

— Janice Delacroix.

O nome não significa nada para mim, mas volto para a minha caminhonete e abro a porta para anotar.

— Delacroix. É um nome francês?

— É — responde ele. — Ela é dona de uma dessas lojas para turistas, lá no centro. Lê tarô ou alguma merda do tipo. Ninguém sabe onde ela arranjou dinheiro para comprar isto aqui. A filha dela estuda no nosso colégio.

Paro de escrever. *A taróloga.* Isso explica a foto e também por que ela não me daria mais informações sobre a casa: ela achou estranho que eu perguntasse sobre a casa dela.

— Então tem gente *morando* aqui? — questiono, me virando para o meu irmão.

Ele dá de ombros.

— Tem. Mas só as duas: ela e a filha. Devem usar outra entrada. Parece que este portão não é aberto com frequência.

Observo o que tem do outro lado do portão... a casa.

— Qual é o nome da filha dela?

— Cora — diz ele. — Cora Delacroix. Mas todo mundo a chama de Menina Camarão.

16
Charlie

Ninguém aparece por bastante tempo. Acho que estou sendo castigada. Estou com sede e preciso ir ao banheiro. Depois de segurar o máximo que posso, acabo fazendo xixi no copo de plástico da bandeja do café da manhã e coloco o copo cheio no canto do quarto. Ando de um lado para outro, puxando meu cabelo até achar que estou enlouquecendo.

E se ninguém voltar? E se tiverem me deixado aqui para morrer?

A porta não se mexe. Machuco os punhos batendo nela. Grito para que alguém me ajude até ficar rouca.

Estou sentada no chão com a cabeça apoiada nas mãos quando a porta finalmente se abre. Eu me levanto num salto. Não é a enfermeira, desta vez é outra pessoa, alguém mais novo.

O uniforme fica folgado em seu corpo pequeno. Ela parece uma menininha brincando com as roupas da mãe. Observo-a com cautela, enquanto atravessa o quarto minúsculo. Ela nota o copo no canto e ergue as sobrancelhas.

— Precisa usar o banheiro? — pergunta ela.

— Sim.

A mulher larga a bandeja e meu estômago ronca.

— Pedi para ver o médico — digo.

Seu olhar se move da esquerda para a direita. *Ela está nervosa. Por quê?*

— O médico está ocupado hoje — retruca ela, sem olhar para mim.

— Onde está a outra enfermeira?

— Hoje é a folga dela — responde.

Consigo sentir cheiro de comida. Estou com muita fome.

— Preciso usar o banheiro — digo. — Pode me levar?

Ela assente, mas parece ter medo de mim. Eu a sigo para fora do quartinho até o corredor minúsculo. Que tipo de hospital não tem banheiro no quarto dos pacientes? Ela chega um pouco para o lado enquanto uso o banheiro, retorcendo as mãos e ganhando um tom corado horrível.

Quando termino, ela comete o erro de se virar para a porta. Assim que a abre, puxo o pedaço do cano do minha camisola hospitalar e o seguro na direção do pescoço dela.

A mulher se volta para mim e seus pequenos olhos se arregalam de medo.

— Solte as chaves e se afaste lentamente — ordeno. — Ou vou enfiar isso bem no seu pescoço.

Ela concorda com a cabeça. As chaves caem no chão, e eu avanço para perto dela, com a arma estendida na direção do seu pescoço. Faço-a recuar para dentro do quarto e depois a empurro na cama. Ela grita ao cair para trás.

Depois saio do quarto, levando as chaves. Fecho a porta e ela dispara em minha direção, gritando. Nós duas lutamos por um instante: ela tenta abrir a porta enquanto coloco a chave na fechadura e escuto o clique do metal.

Minhas mãos tremem enquanto observo as chaves, tentando encontrar a que abre a próxima porta. Não faço ideia do que vou encontrar quando passar por ela. Um corredor de hospital, enfermeiras e médicos? Será que vai ter alguém ali para me arrastar de volta para aquele quarto minúsculo?

Não.

Não vou voltar de jeito nenhum. Vou machucar qualquer pessoa que tente me impedir de dar o fora daqui.

Ao abrir a porta, não vejo um hospital nem funcionários. Não vejo ninguém. O que vejo, na verdade, é uma adega muito impressionante. Há garrafas empoeiradas guardadas nas centenas de buraquinhos. Tem cheiro de fermento e sujeira. Há uma escada na lateral da adega. E uma porta no topo.

Saio correndo para a escada, bato com força o polegar no concreto e sinto um sangue úmido escorrer pelo meu pé. Quase escorrego, mas me seguro a tempo no corrimão.

O topo da escada dá numa cozinha, e uma única lâmpada ilumina os balcões e o chão. Não paro com o intuito de olhar ao redor. Preciso achar... uma porta! Agarro a maçaneta, e desta vez a porta não está trancada. Dou um grito triunfante quando a escancaro. O ar noturno atinge meu rosto. Eu o inspiro com gratidão.

Depois saio correndo.

Silas

— Você não pode invadir a propriedade, Silas! — grita Landon.

Tento escalar o portão, mas meu pé não para de escorregar.

— Me ajude a subir — digo para ele.

Meu irmão se aproxima e estende as mãos, com as palmas viradas para cima, apesar de ainda estar tentando me convencer a não escalar o portão. Piso nas mãos dele e Landon me ergue, permitindo que eu agarre as barras no topo do portão.

— Volto em dez minutos. Só quero dar uma olhada na casa.

Sei que ele não acredita em nenhuma palavra que eu disse hoje, por isso não comento minhas suspeitas de que essa tal de Cora saiba alguma coisa. Se estiver dentro da casa, vou obrigá-la a falar comigo.

Finalmente chego ao topo e desço do outro lado. Quando meus pés encostam na terra, eu me levanto.

— Não vá embora antes de eu voltar.

Eu me viro e observo a casa. Está a cerca de duzentos metros de distância, escondida atrás de árvores de salgueiro-chorão enfileiradas. Parecem braços compridos que balançam na direção da entrada da casa, me coagindo a seguir em frente.

Sigo devagar pelo caminho que leva até a varanda. A casa é linda. Consigo entender por que Charlie sentia tanta falta desse lugar. Observo as janelas. No andar de cima, há duas acesas, mas as de baixo estão totalmente no escuro.

Estou quase na varanda que se estende por toda a parte da frente da casa. Meu coração está tão acelerado que quase consigo escutá-lo. Com exceção do barulho ocasional de algum inseto e minha pulsação, o silêncio é absoluto.

Até ser quebrado.

O latido é tão alto e tão perto que ecoa na minha barriga e vibra no meu peito. Não sei de onde vem.

No mesmo instante fico paralisado, tomando o cuidado de não fazer nenhum movimento repentino.

Um rosnado grave se espalha no ar como um trovão. Olho lentamente por cima do ombro sem virar o corpo.

O cachorro está parado atrás de mim, com os lábios repuxados enquanto rosna, exibindo dentes tão brancos e afiados que parecem reluzir.

Ele se apoia nas patas traseiras para se levantar, e antes que eu possa correr ou procurar alguma coisa à minha volta para me defender, ele já está no ar, jogando-se em cima de mim.

Bem no meu pescoço.

Sinto seus dentes perfurarem a pele do dorso da minha mão, e sei que se eu não tivesse tapado o pescoço, neste momento suas presas estariam na minha jugular. A imensa força do animal me derruba no chão. Sinto a pele da minha mão se desfazer enquanto o cachorro balança a cabeça de um lado para outro e eu tento me defender.

Então alguma coisa esbarra nele ou em cima dele. Escuto um gemido e depois uma pancada.

E, em seguida, silêncio.

Está escuro demais para ver o que acabou de acontecer. Respiro fundo e tento me levantar.

Olho para o cachorro e percebo que tem um pedaço de metal afiado brotando do seu pescoço. O sangue forma uma poça ao redor da sua cabeça, tingindo a grama da cor da meia-noite.

E então um cheiro forte de flores... *lírios*... me cerca com uma rajada de vento.

— É você.

Reconheço a voz dela imediatamente, apesar de ser apenas um sussurro. Ela está parada à minha direita, com o rosto iluminado pelo luar. Lágrimas escorrem por suas bochechas, e ela tapa a boca com a mão. Ela me encara com os olhos arregalados, em choque.

Ela está aqui.

Ela está viva.

Quero abraçá-la e dizer que está tudo bem, que vamos resolver tudo. Mas é muito provável que ela não faça ideia de quem eu sou.

— Charlie?

Ela afasta devagar a mão da boca.

— Meu nome é Charlie? — pergunta ela.

Assinto. Sua expressão apavorada se transforma lentamente em alívio. Ela dá um passo para a frente e joga os braços ao redor do meu pescoço, encostando o rosto em meu peito. Soluços fazem seu corpo balançar.

— A gente precisa ir embora — diz ela em meio às lágrimas.
— Precisamos sair daqui antes que me encontrem.

Antes que a encontrem?

Coloco os braços ao redor dela e fico abraçando-a, depois seguro sua mão e saímos correndo para o portão. Quando Landon vê Charlie, corre até o portão e começa a chacoalhar os cadeados. Ele tenta encontrar um jeito de nos tirar dali sem que ela precise pular o portão, mas não encontra uma saída.

— Use meu carro — digo para ele. — Entorte o portão. Precisamos ser rápidos.

Ele olha para o meu carro e depois para mim.

— Você quer que eu arrebente o portão à força? Silas, você cuida daquele carro como se fosse um bebê.

— Não estou nem aí para o carro! — grito. — Precisamos sair daqui!

Ele age rapidamente e corre até o veículo. Assim que entra, grita:

— Saia da frente!

Ele engata a ré e depois pisa no pedal.

O som do ferro atingindo o metal é bem menos barulhento do que o som do meu coração quando vejo o carro se despedaçar. Pelo menos eu não era tão apegado. Só conhecia o veículo havia menos de dois dias.

Ele precisa dar ré e chegar para a frente mais duas vezes para entortar o ferro o suficiente a ponto de Charlie e eu termos como passar. Quando chegamos do outro lado do portão, abro a porta de trás do carro de Landon e a ajudo a entrar.

— Largue meu carro aqui mesmo — digo a ele. — Podemos nos preocupar com isso depois.

Assim que todos estamos no carro e finalmente começamos a nos afastar da casa, Landon pega o celular.

— Vou ligar para o papai e dizer que você a encontrou, para que ele avise à polícia.

Pego o celular das mãos dele.

— Não. Nada de polícia.

Ele bate a mão no volante, frustrado.

— Silas, **você** precisa contar para eles que ela está bem! Que ridículo. Vocês dois estão sendo completamente ridículos com isso.

Eu me viro no banco e o encaro propositadamente.

— Landon, você precisa acreditar em mim. Charlie e eu vamos esquecer tudo o que sabemos daqui a pouco mais de doze horas. Preciso levá-la para um hotel e lhe explicar tudo, depois preciso de um tempo para fazer anotações. Se avisarmos à polícia, eles podem nos separar para nos interrogar. Tenho que estar com ela quando isso voltar a acontecer. Não me importo se não acredita em mim, mas você é meu irmão e preciso que faça isso por mim.

Ele não responde ao meu pedido. Agora estamos no fim da rua, e vejo um movimento em sua garganta enquanto ele engole em seco, tentando decidir se vira à direita ou à esquerda.

— Por favor — peço a ele. — Só preciso esperar até amanhã.

Ele solta o ar que estava prendendo e depois vira à direita: direção oposta a das nossas casas. Suspiro aliviado.

— Fico te devendo uma.

— Está mais para um milhão — murmura ele.

Olho para Charlie no banco de trás, que está me encarando, obviamente apavorada com o que está escutando.

— Como assim isso vai acontecer de novo amanhã? — pergunta ela, com a voz trêmula.

Eu me rastejo até o banco de trás e a puxo para perto. Ela murcha apoiada em meu peito, e sinto seu coração disparar perto do meu.

— Vou explicar tudo no hotel.

Ela assente e depois pergunta:

— Ele chamou você de Silas? É o seu nome?

Ela está rouca, como se tivesse gritado até perder a voz. Nem quero pensar no que Charlie passou desde ontem.

— É, sim — digo a ela, passando a mão em seu braço. — Silas Nash.

— Silas — repete ela baixinho. — Estou imaginando qual é o seu nome desde ontem.

Eu me empertigo imediatamente e olho para ela.

— Como assim, você estava imaginando? Como se lembra de mim?

— Sonhei com você.

Ela sonhou comigo.

Pego a pequena lista de anotações no bolso e peço uma caneta a Landon. Ele pega uma no console e me entrega. Anoto sobre os sonhos e sobre como Charlie me conhecia mesmo sem se lembrar de mim. Também anoto que o meu sonho com ela pareceu mais uma lembrança. Será que nossos sonhos podem ser pistas do nosso passado?

Charlie fica me observando enquanto escrevo tudo o que aconteceu na última hora. No entanto, em momento algum ela me questiona. Dobro o papel e o guardo de volta no bolso.

— Então, o que rola entre a gente? — pergunta ela. — A gente está tipo... apaixonado ou alguma merda dessa?

Caio na gargalhada pela primeira vez desde ontem de manhã.

— Sim — respondo, ainda rindo. — Parece que estou apaixonado por você ou alguma merda dessa há dezoito anos.

*

Falei para Landon nos encontrar no nosso quarto de hotel amanhã às 11h30. Se isso acontecer de novo, vamos precisar de tempo para nos adaptar e ler as anotações para nos acostumar com a nossa situação. Ele ficou hesitante, mas, no fim, concordou. Disse que avisaria a papai que passou o dia inteiro procurando a gente, mas não teve sorte.

Eu me sinto mal por deixar todo mundo preocupado até amanhã, mas não vou me colocar numa situação em que Charlie pode ficar longe de mim de novo. Caramba, eu não quis nem deixar que ela fechasse a porta quando disse que queria tomar banho. Um banho *quente*, especificou ela.

Quando chegamos ao hotel, contei a ela tudo o que sabia. E, depois de explicado, não pareceu muita coisa.

Ela me contou o que viveu desde ontem de manhã. Eu me sinto aliviado por não ter sido nada muito grave, mas fico incomodado com o fato de que estavam prendendo-a no porão. Por que a Menina Camarão e a mãe dela fariam isso contra a vontade de Charlie? Fica óbvio que ontem a mulher estava tentando me enganar quando disse: "As respostas às suas perguntas estão com alguém muito próximo a você."

Pois é, eu diria. A pessoa com as respostas estava *muito* próxima de mim. A apenas meio metro de distância.

Tenho a impressão de que essa informação é uma das melhores pistas que conseguimos na última semana, mas realmente não sei por que elas estavam mantendo Charlie presa. É a primeira coisa que quero que a gente descubra amanhã. E por isso estou fazendo questão de deixar as anotações bem claras e precisas, para podermos ter uma vantagem inicial ainda melhor.

Já fiz uma anotação para que Charlie vá à delegacia e peça todos os seus pertences de volta. A polícia não pode ficar com suas coisas se ela não está mais desaparecida, e precisamos desesperadamente das cartas e dos diários. A chave para tudo pode estar escrita em alguma parte deles, e até recuperarmos tudo, estamos completamente emperrados.

A porta do banheiro se abre mais, e escuto Charlie se aproximar da cama. Estou sentado à mesa, ainda fazendo anotações. Eu a observo se sentar no colchão, balançando os pés na beirada da cama enquanto me encara.

Eu esperava que ela estivesse mais abalada depois da sua experiência difícil, mas ela é durona. Escutou atentamente enquanto eu explicava tudo o que sabia, e em momento algum duvidou de mim. Ela até sugeriu algumas teorias.

— Pelo que conheço de mim mesma, amanhã provavelmente vou tentar sair correndo se acordar num quarto de hotel com um cara que nem conheço — diz ela. — É melhor eu escrever um bilhete para mim mesma e colar na maçaneta, dizendo para pelo menos esperar até o meio-dia antes de dar o fora daqui.

Está vendo? Durona *e* inteligente.

Entrego papel e caneta para ela, e Charlie escreve um bilhete para si mesma e depois o coloca na porta do quarto do hotel.

— A gente devia tentar dormir um pouco — digo para ela. — Se isso acontecer de novo, precisamos estar descansados.

Ela balança a cabeça, concordando, e sobe na cama. Nem me dei o trabalho de pedir um quarto com duas camas. Não sei por quê. Não que eu faça alguma ideia de como vai ser esta noite. Acho que sou apenas extremamente protetor com ela. A hipótese de não saber que ela está bem ao meu lado me deixa desconfortável demais, mesmo se fosse apenas numa cama diferente a meio metro de distância.

Coloco o alarme para 10h30. Teremos tempo de acordar e nos preparar após seis horas inteiras de sono, assim espero. Apago as luzes e me deito ao lado dela.

Charlie está do seu lado da cama, e eu, no meu, e faço o possível para não me aproximar e ficar de conchinha com ela ou pelo menos colocar o braço ao seu redor. Não quero assustá-la, mas, por alguma razão, me parece natural fazer essas coisas.

Afofo meu travesseiro e o viro para encostar a bochecha no lado mais frio. Fico de frente para a parede e de costas para ela, com o intuito de garantir que ela não fique constrangida por ter que dividir a cama comigo.

— Silas? — sussurra Charlie.

Gosto da voz dela. É reconfortante e elétrica ao mesmo tempo.

— Oi?

Sinto Charlie se virar para mim, mas continuo de costas para ela.

— Não sei por que, mas tenho a impressão de que nós dois vamos dormir melhor se você estiver me abraçando. Não tocar em você parece mais estranho do que tocar.

Por mais que o quarto esteja escuro, tento conter o sorriso. Rolo para o outro lado imediatamente, e ela se encosta em meu peito. Coloco o braço ao seu redor e a puxo para perto — seu corpo se curva perfeitamente no meu — e depois seus pés se enroscam nos meus.

É isso.

Deve ser por esse motivo que senti aquela necessidade constante de encontrá-la. Porque, até este segundo, eu não sabia que não era somente Charlie que estava desaparecida. Quando ela desapareceu, parte de mim deve ter sumido junto. Porque é a primeira vez que me sinto como eu mesmo — como Silas Nash — desde que acordei ontem.

Ela acha minha mão no escuro e entrelaça os dedos nos meus.

— Está com medo, Silas?

Suspiro, odiando o fato de que ela está adormecendo pensando nisso.

— Estou preocupado — aviso a ela. — Não quero que aconteça de novo. Mas não estou com medo porque desta vez sei onde você está.

Se fosse possível escutar um sorriso, o dela seria uma música romântica.

— Boa noite, Silas — diz ela baixinho.

Seus ombros sobem e descem quando ela suspira fundo. Após alguns minutos, sua respiração começa a relaxar, e sei que ela dormiu.

Antes de fechar os olhos, ela reajusta um pouco a posição e tenho um vislumbre da sua tatuagem. A silhueta das árvores aparece acima da parte de trás da sua camiseta.

Eu queria que existisse uma carta descrevendo a noite em que fizemos essas tatuagens. Eu daria tudo para recuperar essa lembrança, para saber como nós dois éramos quando nos amávamos tanto a ponto de acreditar que duraria para sempre.

Talvez eu sonhe com aquela noite se dormir pensando nela.

Fecho os olhos, sabendo que é exatamente assim que as coisas deveriam ser.

Charlie e Silas.

Juntos.

Não sei por que começamos a nos afastar, mas tenho certeza de uma coisa: nunca mais vou permitir que isso aconteça.

Beijo de leve o seu cabelo. Algo que já devo ter feito um milhão de vezes, mas o frio glacial que sinto na barriga faz parecer que é a primeira vez.

— Boa noite, Charlie linda.

18

Charlie

Assim que acordo vejo a luz do sol.

Está entrando pela janela e aquecendo meu rosto. Eu me viro para procurar Silas, mas o travesseiro dele está vazio.

Por um instante, fico com medo de que ele tenha me abandonado, ou que alguém tenha o levado. Mas então escuto o tinido de uma caneca e o barulho da movimentação dele. Fecho os olhos, grata. Sinto cheiro de comida. Eu me viro para o lado.

— Café da manhã — diz ele.

Saio da cama um pouco constrangida com a minha aparência. Penteio o cabelo com os dedos e esfrego os olhos para afastar o sono. Silas está sentado à mesa, tomando café e anotando algo no papel.

Puxo uma cadeira, me sento na frente dele e pego um croissant, colocando o cabelo atrás das orelhas. Não quero comer, mas faço isso mesmo assim. Ele quer que a gente esteja descansado e alimentado quando der 11h. Mas estou com o maior frio na barriga, pensando em como me senti quando acordei dois dias atrás, sem nenhuma memória. Não quero que isso aconteça de novo. Não gostei de quando ocorreu daquela vez, e não vou gostar agora.

Em um intervalo de poucos segundos, ele olha para mim e nosso olhar se encontra antes de ele voltar a trabalhar. Também parece nervoso.

Depois do croissant, como bacon, depois, ovos, e, em seguida, um bagel. Termino o café de Silas, tomo meu suco de laranja e empurro a cadeira de volta para a mesa. Ele sorri e toca na lateral da boca. Estendo o braço e limpo as migalhas do meu rosto, sentindo um calor nas bochechas. Mas ele não está rindo de mim. Sei disso.

Ele me entrega uma escova de dentes ainda embalada e me segue até o banheiro. Escovamos os dentes juntos, nos olhando no espelho. O cabelo dele está em pé, e o meu está embaraçado. É um pouco cômico. Não acredito que estou no mesmo lugar que o garoto dos meus sonhos. Parece surreal.

Olho para o relógio enquanto saímos do banheiro. Temos dez minutos. Silas está com as anotações prontas, e eu também. Nós as deixamos na cama para que todas nos cerquem. Tudo o que sabemos está aqui. Desta vez, vai ser diferente. Estamos juntos. Temos Landon. Vamos descobrir o que está acontecendo.

Nós nos sentamos na cama, de frente um para o outro, com os joelhos encostados. De onde estou, vejo os números vermelhos do alarme marcarem 10h59.

Um minuto. Meu coração está disparado.

Estou com muito medo.

Começo mentalmente a contagem regressiva: 59... 58... 57... 56...

Conto até trinta e, de repente, Silas se inclina para a frente. Envolve meu rosto com as mãos. Sinto seu cheiro, sinto sua respiração nos meus lábios.

Perco a conta do tempo. Não faço ideia do segundo em que estamos.

— Nunca jamais — sussurra ele.

Seu calor, seus lábios, suas mãos.

Ele encosta a boca na minha, me beija intensamente e eu...

Continua...

Este livro foi composto na tipologia Minion
Pro Regular, em corpo 11/17, e impresso em
papel off-white no Sistema Cameron da
Divisão Gráfica da Distribuidora Record.